Natalia Ginzburgs kleiner Roman ›Schütze‹ wartet zunächst mit dem vertrauten Personal der kleinbürgerlichen Familie auf, inklusive der einschlägigen, für Zündstoff sorgenden Konflikte. Doch mit der Geschichte der naiven Signora, einer lebenshungrigen Witwe, die es eines Tages in ihrem Provinznest nicht mehr aushält, sich in der nahegelegenen Stadt ein Haus kauft, in das sie mit Tochter, Pudel und Dienstmädchen einzieht, ist der Autorin eine Provinzposse mit kriminalistischem Plot gelungen.

Die Signora hat hochfliegende Pläne zur Vertreibung der Langeweile. Gerade angekommen in der Stadt, verbringt sie viel Zeit in den Cafés, bei der Schneiderin, dem Friseur, und überall erzählt sie von ihrem Vorhaben. Eine Bildergalerie will sie eröffnen und nachmittags um fünf ihren Künstlern und Gästen den Tee servieren. Leider kennt sie keinen einzigen Künstler, und die Ladenmieten sind unerwartet hoch. Welch ein Glück ist es da, daß sie zufällig Priscilla Fontana kennenlernt, die auch ein bißchen malt und bereit ist, ihre neue Freundin – ideel und finanziell – bei der Gründung einer Galerie zu unterstützen, die den schönen Namen *Schütze* erhalten soll, nach dem Sternbild der Signora. Aber ganz überraschend versiegen die Geldquellen von Priscilla. Erst als es bereits zu spät ist, begreift die ehrgeizige Provinzlerin, daß ihre neue Freundin keineswegs aus Selbstlosigkeit die »gemeinsame« Sache unterstützte. Indem Natalia Ginzburg die spielerischen Möglichkeiten der Literatur nutzt und auf die Dramatik des Unvorhersehbaren setzt, entfaltet der Roman eine leise, aber umso nachhaltigere Komik.

Natalia Ginzburg, 1916 in Palermo geboren, verbrachte ihre Kindheit und Jugend in Turin. Nach dem Krieg lebte sie als Lektorin in Mailand und ab 1950 als Autorin und Übersetzerin in Rom. Sie starb 1991 in Rom.

Im Fischer Taschenbuch Verlag: ›Familienlexikon‹ (Bd. 12814), ›So ist es gewesen‹ (Bd. 12331), ›Nie sollst du mich befragen‹ (Bd. 12330); das ›Familienlexikon‹ liegt auch als Großdruckausgabe (Bd. 14529) vor.

Unsere Adresse im Internet: www.fischer-tb.de

Natalia Ginzburg

Schütze

Roman

Aus dem Italienischen von
Joachim Meinert

Fischer Taschenbuch Verlag

Veröffentlicht im Fischer Taschenbuch Verlag GmbH,
Frankfurt am Main, März 2000

Lizenzausgabe mit freundlicher Genehmigung
des Verlags Klaus Wagenbach, Berlin
Die Originalausgabe erschien 1957
unter dem Titel ›Sagittario‹
bei Giulio Einaudi editore s.p.a., Turin

Druck und Bindung: Clausen & Bosse, Leck
Printed in Germany
ISBN 3-596-14310-1

Schütze

Schütze

Meine Mutter hatte ein Haus in einem Vorort der Stadt gekauft. Es war ein zweistöckiges Häuschen, umgeben von einem verwilderten, feuchten Garten. Hinter dem Garten lagen Kohlpflanzungen, und dahinter verliefen die Bahngleise. Der Garten war in jenem Monat Oktober ganz von einem Teppich fauligen Laubes bedeckt.

Das Haus hatte schmale eiserne Balkons und eine Außentreppe, die in den Garten hinabführte. Auf die vier Räume des ersten und die sechs des oberen Stockwerks hatte meine Mutter die paar Sachen verteilt, die sie aus Dronero mitgebracht hatte: die quietschenden und ächzenden hohen Bettgestelle aus Eisen mit den schweren Steppdecken aus geblümter Seide, einige Sesselchen mit Musselinüberzug, das Klavier, dazu das Tigerfell und eine marmorne Hand auf einem Kissen.

Zusammen mit meiner Mutter waren in die Stadt übergesiedelt: meine Schwester Giulia und ihr Mann, die elfjährige Tochter unserer Cousine Teresa, die aufs Gymnasium gehen sollte, ein kleiner weißer Pudel, erst ein paar Monate alt, und unser Dienstmädchen Carmela, ein sauertöpfisches, ungepflegtes und krummes Frauenzimmer, das sich vor Heimweh verzehrte und die Nachmittage damit zubrachte, aus dem Küchenfenster gelehnt nach dem dunstigen Horizont und den fernen Hügeln auszuspähen, hinter denen sie sich Dronero vorstellte und ihr Haus und ihren alten Vater, der, das Kinn auf den Stock gestützt, an der Tür saß und wirres Zeug vor sich hin brabbelte.

Um dieses Haus in der Stadt erstehen zu können, hatte meine Mutter mehrere zwischen Dronero und San Felice gelegene Grundstücke verkauft und sich mit allen Verwandten verkracht, die gegen diesen Verkauf und die Aufteilung des Besitzes gewesen waren. Aber meine Mutter war schon seit mehreren Jahren mit dem Gedanken umgegangen, aus Dronero fortzuziehen, gleich nach dem Tod meines Vaters hatte sie sich das vorgenommen, und sie erzählte es allen Leuten, mit denen sie zusammentraf, und schrieb Briefe über Briefe an ihre Schwestern in der Stadt, sie sollten ihr helfen, eine Bleibe zu finden. Die Schwestern meiner Mutter, die seit langem in der Stadt wohnten und einen kleinen Porzellanwarenladen besaßen, waren nicht allzu begeistert von ihrem Vorhaben und hegten die unbestimmte Sorge, sie würden ihr Geld borgen müssen. Knickrig und menschenscheu, wie sie waren, litten die Schwestern meiner Mutter bitterlich bei diesem Gedanken, aber sie fühlten, sie würden nicht die Kraft haben, das Darlehen zu verweigern. Das Haus hatte meine Mutter ganz allein gefunden, binnen einer halben Stunde, eines Nachmittags, als sie in die Stadt gefahren war. Und gleich nachdem sie den Kauf vereinbart hatte, war sie wie ein Stier in den Laden gestürmt und hatte von ihren Schwestern ein Darlehen verlangt, weil der Erlös aus dem Verkauf der Grundstücke nicht ausreichte. Wenn meine Mutter jemanden um etwas bitten wollte, benahm sie sich stets barsch und abweisend. So mußten die Schwestern einen Betrag herausrücken, von dem sie nicht hoffen konnten, ihn jemals wiederzusehen.

Die Schwestern meiner Mutter befürchteten aber noch etwas: daß es sich meine Mutter nach dem Umzug in die Stadt in den Kopf setzen könnte, ihnen im Geschäft zu helfen. Und auch das war pünktlich eingetreten. Einen Tag, nachdem sie mit Koffern, Bettgestellen und Klavier in der Stadt gelandet war, hatte meine Mutter die kopflose, verstörte Carmela zwischen Sägespänen und Stroh in dem neuen Haus sitzenlassen und war im Pelzmantel, die Mütze schief auf ihr struppiges graues Haar gedrückt, eine Zigarette zwischen den behandschuhten Fingern, im Laden auf und ab marschiert, hatte dem Laufjungen Befehle erteilt und mit den Kunden verhandelt. Ihre Schwestern waren ins Hinterstübchen geflüchtet und seufzten, wenn sie das gebieterische Klappern ihrer Stöckelabsätze vernahmen. Sie waren beide so aneinander gewöhnt, daß sie nicht viele Worte brauchten und ihnen ein Seufzer genügte. Sie lebten seit über zwanzig Jahren im Halbdunkel dieses Ladens, der nur von wenigen treuen Kundinnen aufgesucht wurde, ältlichen Damen, mit denen sie sich auf ein kurzes, freundschaftliches Gespräch einließen, ein Gewisper zwischen Porzellanschalen und Teeservice. Beide waren wohlerzogen und schüchtern, und sie trauten sich nicht, meiner Mutter zu erklären, daß ihre Gegenwart sie störe und geniere und daß sie sich ihrer auch ein bißchen schämten, wegen ihres herrischen Benehmens und des abgewetzten protzigen Pelzes.

Wenn meine Mutter heimkam, prustete sie vor Erschöpfung und stöhnte über das Durcheinander, das sie im Laden vorgefunden hatte, und sie streifte die Schuhe ab und strampelte ein Weilchen mit den Füßen in der Luft, massierte sich Knöchel und Waden, weil sie den ganzen Tag lang nicht einen Augenblick zum Sitzen gekommen war, und stöhnte über diese Schwestern, die es in zwanzig Jahren noch nicht gelernt hatten, ein Geschäft zu führen, so daß sie ihnen nun unter die Arme greifen mußte, ohne daß sie auch nur eine Lira dafür zu Gesicht bekam, und sie stöhnte, weil sie immer zu großherzig und zu dumm gewesen war, immer hatte sie sich für alle aufgeopfert, ohne je an sich selbst zu denken.

Ich wohnte seit drei Jahren in der Stadt. Ich studierte jetzt im dritten Jahr Literatur an der Universität, teilte mir mit einer Freundin ein Zimmer und gab Privatstunden. In meiner freien Zeit arbeitete ich außerdem als Sekretärin in der Redaktion einer Monatszeitschrift. Alles zusammengenommen reichte gerade aus, daß ich meinen Unterhalt allein bestreiten konnte. Ich wußte, daß meine Mutter bei ihrem Umzug in die Stadt allen Leuten erklärt hatte, sie täte es vor allem, um wieder mit mir zusammen zu sein, um ein bißchen auf mich aufzupassen und darauf zu sehen, daß ich warm angezogen ging und ordentlich aß. Und überhaupt konnte einem Mädchen allein in der Stadt ja alles mögliche zustoßen. Gleich nachdem sie das Haus gekauft hatte, zeigte mir meine Mutter das Zimmer, das sie mir zugedacht hatte. Aber ich hatte sofort recht energisch erwidert, ich wollte weiter mit meiner Freundin zusammen wohnen und hätte nicht vor, mich wieder der Familie anzuschließen. Außerdem war das Haus viel zu abgelegen, man brauchte eine Stunde bis ins Zentrum. Meine Mutter hatte nicht weiter darauf bestanden. Ich gehörte zu den wenigen Menschen, die ihr Respekt einzuflößen vermochten. Sie wagte nie, meinen Entscheidungen zu widersprechen. Dennoch hatte sie darauf beharrt, daß ich in dem Haus unbedingt ein Zimmer für mich haben sollte. Ich konnte da schlafen, wann immer es mir gefiel. Ich schlief tatsächlich bisweilen dort, an Wochenenden. Früh weckte mich meine Mutter und brachte mir auf einem Tablett ein Spiegelei und eine Tasse Kaffee. Während ich das Ei aß, schaute sie mir vergnügt zu. Sie fürchtete immer, daß ich nicht genügend aß. Sie saß in ihrem neuen Morgenrock aus feuerroter Seide auf meinem Bett, das Haar von einem Netz zusammengehalten und das Gesicht mit einer dicken, wie Butter wirkenden Creme eingeschmiert, und erzählte mir von ihren Plänen. Pläne hatte sie jede Menge. Sie konnte noch den Bettlern welche abgeben. Das war eine Wendung, die sie oft gebrauchte. Vor allem also mußte sie ihre Schwestern dazu bringen, ihr eine Geschäftsbeteiligung zuzugestehen. Denn im Grunde war es ja nicht recht, daß sie sich abstrampelte, um ihnen zu helfen, ohne daß sie je eine Lira dafür zu Gesicht bekam. Sie zeigte mir, wie ihre Knöchel von dem ewigen Stehen im Laden geschwollen waren. Außerdem wollte sie eine kleine Bildergalerie aufmachen. Der Unterschied zwischen ihrer Bildergalerie und den anderen schon in der Stadt vorhandenen Galerien würde darin bestehen, daß sie jeden Nachmittag um fünf ihren Besuchern eine Tasse Tee anbot. Sie war unsicher, ob sie zum Tee auch Gebäck reichen sollte oder nicht. Aus Maismehl und Rosinen ließ sich ein bestimmtes Gebäck nach Bauernart zubereiten, das nicht teuer kam und gut war. Maismehl hatte sie in Dronero jede Menge liegen, im Keller bei der Cousine Teresa. Sie konnte noch den Bettlern welches abgeben. Und von ihren Schwestern würde sie sich leihweise ein paar schöne Schalen ausbitten. Im Laden standen einige schöne Schalen im französischen Stil, die niemand kaufte, so daß es einem richtig leid tat, wie sie verstaubten, und meine Mutter war überzeugt, ihre Schwestern machten nur deshalb keine guten Geschäfte, weil sie ihre Waren nicht richtig anzubieten wußten, und wenn sie den Plan mit der Bildergalerie wahr machte, dann würde sie auch bestimmte Sächelchen verwenden können, die seit undenklichen Zeiten in einem Winkel des Hinterstübchens vergessen herumstanden; hier würde sie eine Kristallvase mit Chrysanthemen aufstellen, da einen Porzellanbären, der eine Lampe trug, und im Gespräch mit den Besuchern würde sie auf den Laden ihrer Schwestern zu sprechen kommen und ihnen Kunden verschaffen, so daß sie sich nicht mehr weigern konnten, ihr die Geschäftsbeteiligung zuzugestehen. Sobald sie die Beteiligung hatte, würde sie Fahrstunden nehmen und sich ein kleines Auto kaufen, denn sie hatte es satt, dauernd auf die Straßenbahn zu warten.

Die Bildergalerie, sagte sie, würde auch eine Zerstreuung für meine Schwester und mich sein. Sie würde eine gute Gelegenheit bieten, Leute zu treffen und Bekanntschaften zu machen. Ich dürfte wohl nicht gerade viel Bekanntschaften in der Stadt haben, sagte sie und blickte mich forschend an. Es kam ihr nicht so vor, als hätte ich viele Verabredungen und Freunde. Sie sah mich immer nur mit müdem und verdrossenem Gesicht. Sie hätte mich gern mit munterer Miene gesehen: mit der Miene eines Mädchens von dreiundzwanzig, eines Mädchens, das das ganze Leben noch vor sich hat. Sie freute sich sehr, daß ich tüchtig studierte und so vernünftig und solide war. Aber sie hätte auch gern gewußt, daß ich einen Kreis von Freunden um mich herum hatte, fröhliche Menschen, mit denen ich die Zeit verbringen konnte. Zum Beispiel kam es ihr nicht so vor, als ginge ich tanzen oder triebe Sport. So war es ein bißchen schwierig für mich, einen Mann zu finden. Vielleicht dachte ich noch nicht ans Heiraten, und doch empfand sie, daß ich dazu geschaffen war, zu heiraten und viele Kinder zu bekommen. Sie musterte mich in Erwartung einer Antwort. Hatte ich denn niemanden, mit dem ich zusammen war, niemanden, der mich ein bißchen interessierte? Ich schüttelte den Kopf und drehte mich zur Wand, runzelte die Stirn und nagte an der Unterlippe. Diese Ausfragerei war mir zutiefst lästig. Sie wechselte daraufhin das Thema, untersuchte meinen Unterrock auf dem Stuhl, hob meine Schuhe vom Teppich auf und musterte die Sohlen und Absätze. Hatte ich denn kein anderes Paar Schuhe? Sie hatte einen Schuhmacher entdeckt, der für wenig Geld herrliche Maßschuhe anfertigte.

Ich wusch mich und kleidete mich unter den aufmerksamen Blicken meiner Mutter an. Sie war nicht gerade angetan von meinem grauen Rock, den ich nun schon seit drei Jahren trug, vor allem aber mißfiel ihr mein dicker dunkelblauer Pullover mit den ausgebeulten, abgewetzten Ellbogen. Wo hatte ich denn bloß diesen Rennfahrerpullover her? Sollte ich tatsächlich nichts anderes anzuziehen haben? Und was war aus den beiden neuen Kleidern geworden, die sie für mich hatte machen lassen?

Verstimmt ließ mich meine Mutter allein und ging hinauf, um sich ebenfalls anzukleiden. Aber gleich darauf kam sie zurück, um mir zu sagen, Giulia und ihr Mann hätten das ganze warme Wasser im Bad verbraucht und sie müßte sich jetzt kalt waschen. Nicht so schlimm, sie würde später bei ihren Schwestern baden. Aber immerhin, es war ärgerlich, daß man im eigenen Haus nicht baden konnte. Nicht so schlimm, so hatte sich Chaim wenigstens einmal dazu aufgerafft, ein Bad zu nehmen, freilich, auch nach dem Bad sah er noch schmuddelig aus, ungepflegt und unordentlich. Unbegreiflich, daß er sich nicht Mühe gab, ein bißchen manierlicher zu wirken. Wenn er beruflich nicht eben erfolgreich war, dann bestimmt wegen seines Äußeren. Da versteifte er sich darauf, diese Jacke mit Pelzkragen zu tragen, die ja für Dronero noch hingehen mochte, in der Stadt aber lächerlich wirkte. Und hatte ich mir je seine Hände angeschaut? So häßliche Hände mit abgebrochenen und abgekauten Fingernägeln, und seine Finger waren so behaart. Den Patienten mußte es schwerfallen, sich von solchen Händen berühren zu lassen.

Ich wies meine Mutter darauf hin, daß Chaim in Dronero viele Patienten gehabt hatte; hier in der Stadt war er noch unbekannt. Dabei arbeitete er auch hier, er hatte Freunde im Krankenhaus, die verschafften ihm Patienten; morgens ging er in die Klinik, wo er Assistenzarzt war, und nachmittags besuchte er seine Kranken, flitzte auf seinem Fahrrad mit Hilfsmotor von einem Ende der Stadt zum anderen. Er hätte eine Praxis im Stadtzentrum gebraucht. Meine Mutter hatte versprochen, ihm das Geld dafür zu geben, sobald sie einen Prozeß gewonnen hatte, den sie in einer Wohnungssache gegen die Gemeinde Dronero führte; sie hatte es ihm versprochen, weil es ihr nicht schwerfiel, sich von diesem Geld zu trennen, das in so weiter Ferne lag und das sie wahrscheinlich nie bekommen würde; der Prozeß dauerte schon Jahre, und der Mann von Cousine Teresa, ein Notar, hatte uns gesagt, es bestünde keinerlei Hoffnung, ihn je zu gewinnen. So flitzte der Doktor indessen auf seinem Fahrrad durch die Stadt, angetan mit einer Schirmmütze und der alten, von meiner Mutter verabscheuten Joppe; denn er hatte wirklich kein Geld, sich einen neuen Mantel zuzulegen, er verdiente wenig, und das wenige mußte er meiner Mutter als Haushaltsgeld abgeben; er behielt nur ein Taschengeld für Zigaretten zurück, und jedesmal, wenn er sich eine Zigarette ansteckte, warf meine Mutter ihm einen tadelnden Blick zu.

Während sie zwischen dem Bad und ihrem eigenen Zimmer hin und her lief, gab meine Mutter Carmela Anweisungen und unterzog sich ihrem allmorgendlichem Ritual, das ich schon auswendig kannte: Sie schüttelte heftig ihre lila Puderquaste und verbreitete eine Duftwolke um sich herum; sie leckte ihren Zeigefinger an und fuhr sich damit über Lider und Augenbrauen; sie näherte ihr Gesicht dem Spiegel und zupfte sich ein paar Härchen aus dem Kinn, wobei sie die Nase rümpfte und die Wangen in Falten legte, ein wütendes Flackern in den Augen; sie schminkte sich den Mund mit einem fettigen Lippenstift und säuberte sich die Zähne mit dem Fingernagel; sie schwenkte energisch ihre schwarze Strickmütze durch die Luft und drückte sie sich mit einer Grimasse auf den Kopf; sie steckte die Mütze mit einer dicken Nadel fest; und während sie rauchend und trällernd vor dem Spiegel stand, schlüpfte sie in den Pelz und drehte sich, Strümpfe und Absätze prüfend, hin und her. Dann ging sie endlich weg, zu ihren Schwestern, um zu sehen, was sie zu Mittag essen wollten und ob sie schon Kasse gemacht hätten.

Im Garten saß meine Schwester Giulia auf einem Liegestuhl, den Pudel auf dem Schoß und ein Plaid um die Beine gewickelt. Meine Schwester war krank gewesen und hatte Ruhe verordnet bekommen. Trotzdem war meine Mutter der Meinung, dieses untätige Leben könnte ihrer Gesundheit nicht guttun. Hier wie in Dronero, vor ihrer Krankheit und nun nach ihrer Krankheit, tat meine Schwester den ganzen Tag lang überhaupt nichts. Ab und zu erhob sie sich aus dem Liegestuhl, legte dem Hund die Leine an und spazierte mit unserer kleinen Cousine Costanza einmal um das Haus. Das Leben einer neunzigjährigen Greisin, erklärte meine Mutter. Wie sollte sie da Appetit bekommen? Und meine Mutter hatte noch nicht herausgekriegt, ob Giulia gern in der Stadt wohnte. Sie bat mich, sie danach zu fragen. Sie selber fragte nicht danach. Sie tat es nicht, weil man von Giulia immer ein und dieselbe Antwort bekam: ein Augenaufschlag, ein Kopfschütteln, ein Lächeln. Und meine Mutter hatte diese Antworten satt. Von meinen Antworten war sie ja auch nicht gerade angetan, sagte sie, und aus mir kriegte sie auch nie etwas heraus. Aber ich hatte wenigstens ein intelligentes Gesicht, ein Gesicht, von dem man etwas ablesen konnte. Giulia hingegen, die Ärmste, war blöd. Von ihrem Gesicht war überhaupt nichts abzulesen. Wenn sie ihr zaghaftes Lächeln aufsetzte, hätte meine Mutter sie am liebsten geohrfeigt. Und was hatte denn Giulia eigentlich von der Stadt, wenn sie nie weiter kam als bis zum Zeitungskiosk an der Ecke? Die Gesellschaft jenes scheußlichen kleinen Hündchens, das sie in Dronero von einem Bauern gekauft hatte, und die unserer kleinen Cousine Costanza war offenbar die einzige, die ihr zusagte. Sie ging nicht ins Kino, und sie hatte nichts davon hören wollen, dem Kulturclub beizutreten. Meine Mutter verkehrte im Kulturclub, wo man Vorträge hören und in Zeitschriften blättern konnte.

Die Heirat meiner Schwester war eine tiefe Enttäuschung für meine Mutter gewesen. Sie hatte sich in den Kopf gesetzt, ihr eine gute Partie zu verschaffen. Sie hatte sie mit nach Chianciano und Salsomaggiore genommen, wo sie selbst ihre Leber kurierte und Giulia indessen junge Männer kennenlernen konnte. Meine Mutter hatte Glas um Glas von jenem bitteren, lauwarmen Wasser geschluckt, während sie zuschaute, wie Giulia auf den Tennisplätzen umhersprang und das weiße Röckchen ihr um die schlanken Beine flatterte. Die Anmut dieser schlanken, wohlgeformten Beine in dem Faltenrock und die feine, zarte Linie der sanft abfallenden Schultern in der leichten Bluse, Giulias Profil mit dem ein wenig aufgelösten Knoten über dem Nacken und ihre schneeweißen Arme, die sie hob, um sich die Haarnadeln festzustecken, trösteten meine Mutter über den Verdruß hinweg, den ihr der bittere Geschmack des Wassers und das Zuschauen bei einer Tennispartie bereiteten. Während meine Mutter ihr Wasser schlürfte, gewährte sie Giulias Hand mal diesem, mal jenem der jungen Männer, die auf den Tennisplätzen herumsprangen und auf der Promenade hin und her spazierten; oder sie legte sich in Gedanken die Worte zurecht, mit denen sie in Dronero Giulias Verlobung mit dem schwerreichen toskanischen Industriellen adliger Herkunft bekanntgeben würde, der eben jetzt ahnungslos an einem benachbarten Tisch Platz genommen hatte und mit leerem Blick vor sich hin stierte.

Giulia ermüdete rasch und setzte sich neben meine Mutter, den Schläger auf den Knien und die Jacke über die schlaffen Schultern geworfen. Meine Mutter wandte den Blick dem Tisch zu, an dem der toskanische Industrielle saß, um etwa einen Schimmer von Interesse in seinen leeren Augen zu erspähen. Aber der Industrielle regte sich nicht und schien Giulia gar nicht zu bemerken; auf einmal jedoch winkte er mit einer matten Handbewegung einem weit entfernten Mädchen zu und machte in seiner Kehle ein Geräusch, das wie der Lockruf eines Vogels klang. Sofort entschied meine Mutter, daß er ein Trottel sei, sie zuckte empört die Achseln und entfernte ihn aus ihrem Schicksal.

Es waren nicht gerade viele Männer um Giulia herum, stellte meine Mutter verwundert fest. Zuweilen machte ihr ein junger Bursche den Hof, ging ein- oder zweimal mit ihr tanzen, saß bei ihr und versuchte, mit ihr Konversation zu treiben. Aber eine Unterhaltung mit Giulia war nicht einfach. Ein Achselzucken, ein Augenaufschlag, ein Lächeln: so sahen ihre Antworten aus. Worüber hätte sie auch reden sollen, das arme Ding? Sie hatte ja keine Bildung. Sie las keine Romane, und in Konzerten schlief sie ein. Da versuchte meine Mutter, Giulias Schweigen zu überbrücken, indem sie selbst die Konversation bestritt: Meine Mutter hielt sich auf dem laufenden über die ganze moderne Kunst und Literatur, sie war Mitglied eines Lesezirkels und hatte sogar in Dronero Bücher mit der Post erhalten. Und es gab kein kulturelles oder politisches Ereignis, das der Aufmerksamkeit meiner Mutter entging. Sie hatte über alles eine Meinung. Diese jungen Männer aber blieben einen Abend oder zwei bei Giulia; dann verzogen sie sich, und meine Mutter sah sie von fern, wie sie mit anderen Mädchen plauderten und tanzten. Giulia jedoch schien darüber gar nicht traurig zu sein. Sie saß ruhig und still da, die Beine brav unterm Rock, die Finger verschränkt und auf den Lippen ihr törichtes Lächeln.

Dann endlich hatte es eines Sommers eine Geschichte mit einem jungen Mann gegeben. Ein junger Mann, wie er sein soll; einfach all das, was sich meine Mutter nur wünschen konnte. Giulia hatte ihn in Viareggio kennengelernt, wo sie den August mit Cousine Teresa zugebracht hatte. Meine Mutter hatte zu jener Zeit bewegungsunfähig in Dronero zu Bett gelegen, mit einem Bein in Gips, weil sie die Treppe heruntergefallen war. Die Hitze, das unter dem Gipsverband schwitzende und juckende Bein und die Briefe der Cousine Teresa, die von der Wahrscheinlichkeit einer baldigen Verlobung sprachen, brachten meine Mutter fast zum Wahnsinn. Zweimal täglich kam Doktor Wesser, ein polnischer Arzt, der während des Krieges nach Dronero verbannt gewesen und dann nicht wieder fortgegangen war, um sich nach ihrem Bein zu erkundigen und ihr ein bißchen Gesellschaft zu leisten. Meine Mutter hegte für Doktor Wesser ein Gefühl, in dem sich Wohlwollen mit Verachtung mischte. Sie war damals weit von der Vorstellung entfernt, dieser spillrige Doktor, der zusammengekrümmt im Sessel hockte, an den Fingernägeln kaute und mit mildem Lächeln um sich blickte, könnte einmal Giulias Ehemann werden. Vorläufig weilten die Gedanken meiner Mutter über dem Meer bei Viareggio, wo Giulia vielleicht im selben Augenblick mit ihrem Jüngling Kahn fuhr. Sie bat Doktor Wesser, ihr Beruhigungsmittel zu geben, weil ihre Nerven in Aufruhr waren, und sie wollte wissen, wann sie wieder laufen könnte, denn sie brannte vor Ungeduld, nach Viareggio zu fahren, um zu sehen, was da vor sich ging. Sie las Doktor Wesser die Briefe von Giulia und der Cousine Teresa vor. Doktor Wesser kannte Giulia, seit er sie vom Scharlach kuriert hatte. Giulias Briefe waren kurz und ein bißchen komisch, sparten sehr mit Einzelheiten und hörten sich an wie die Briefe eines siebenjährigen Mädelchens, das dem lieben Herrn Jesus zu Weihnachten schreibt, bemerkte meine Mutter. Und doch spürte man aus den wenigen spärlichen und kindlichen Zeilen heraus, daß ein zaghaftes Glücksgefühl in ihr bebte. Meine Mutter fragte Doktor Wesser, ob es keine Möglichkeit gäbe, sich das Bein unter dem Gips zu kratzen, denn es juckte und brannte ganz fürchterlich.

Schließlich wurde der Gips mit dem Hammer aufgeklopft. Meine Mutter konnte nun endlich aufstehen, und binnen drei Tagen hatte sie eine Strandausrüstung beisammen: gepunktete Röcke, geblümte Röcke, karierte Röcke, Strandsandalen. Sie war ärgerlich über Cousine Teresa, weil die sich in ihren Briefen nicht genügend über das Äußere, die Familie und die finanziellen Verhältnisse jenes jungen Mannes verbreitet hatte. Sie hatte lediglich behauptet, es handle sich um eine gute Partie.

Als meine Mutter in Viareggio ankam, fand sie Giulia im Hotel mit Fieber zu Bett und bei ihr Cousine Teresa, die ihr kalte Kompressen auf die Stirn legte. Es war nichts Ernstes; Giulia hatte geschwitzt und sich anschließend ein wenig verkühlt. Meine Mutter zerrte die Cousine Teresa auf den Flur hinaus und überfiel sie mit Vorwürfen und Fragen. Wer zum Teufel war dieser junge Mann? Wie sah er aus? Wieviel Geld hatte er? Was für eine Familie war es? Und warum hatten sie sich in eine so ärmliche Pension verkrochen, warum hatten sie nicht etwas Vornehmeres gesucht?

Aber Cousine Teresa sagte ihr, der junge Mann und seine Eltern seien vor ein paar Tagen in dieselbe Pension gezogen und hätten ihr Häuschen vermietet. Meiner Mutter war das sogleich verdächtig; wenn sie sich bereit fanden, in dieser Pension zu wohnen, mit dem engen Korridor, der nach Eintopf roch, dann konnten sie gar so reiche Leute nicht sein. Und wieso mußten sie ihr Haus vermieten, wenn sie so einen Haufen Geld hatten? Cousine Teresa erklärte, es seien durchaus wohlhabende Leute, Leute, wie sie meine Mutter in ihrem ganzen Leben noch nicht kennengelernt hätte. Sie besaßen einen kleinen alten Palazzo in Lucca und hier in Viareggio ein Häuschen mit Bad, Kühlschrank und Garage. Der Vater war ein hochgeschätzter Justizbeamter, und auch der Junge studierte Jura, und er war so verliebt in Giulia, daß er seine ganze Familie dazu gebracht hatte, in dieser Pension zu wohnen, damit er sich nicht eine Minute von ihr trennen mußte.

Bald darauf saß meine Mutter mit dem Justizbeamten, der Frau des Justizbeamten und dem jungen Mann im kleinen Garten der Pension, fächelte sich Luft zu und rauchte durch eine lange Elfenbeinspitze. Sie war so aufgeregt, daß sie beinahe Giulia vergessen hätte, die mit Fieber oben in ihrem Zimmer lag. Sie sprach und sprach und sprach; sie sprudelte alle jene Worte und Reden hervor, die sich in vielen langen einsamen Jahren in Dronero angestaut hatten, wenn sich vor den Fenstern die Nacht verdichtete und die einzigen denkbaren, verachteten und erwarteten Besucher Cousine Teresa und Doktor Wesser waren. Und in der letzten Zeit, als sie mit ihrem Gipsbein hilflos im Bett lag, hatten sich mehr Worte denn je in ihr angestaut, sie hatte über den Briefen gegrübelt, die sie aus Viareggio erreichten, hatte sich, auf die Kopfkissen gestützt, Luft zugefächelt und geraucht, umringt von imaginären Gesprächspartnern, unscharfen und wandelbaren Gestalten, die ihr lächelnd beipflichteten. Jetzt aber saßen ihr diejenigen gegenüber, die binnen kurzem Giulias neue Familie werden sollten: ein herausstaffierter älterer Herr in dunklem Jackett und weißen Hosen; eine ältere Dame, der unaufhörlich der Kopf zitterte; ein blondlockiger junger Mann, der sie mit einem breiten, verwunderten und herzlichen Lächeln anschaute und Orangeade San Pellegrino direkt aus der Flasche trank. Diesen Leuten erzählte meine Mutter in einem Zug ihr ganzes Leben: der Tod meines Vaters nach einem Herzanfall; ihre Witwenjahre mit der Bürde ihrer Pflichten und des zu verwaltenden Besitzes; die schlichte und häusliche Erziehung, die sie ihren Töchtern hatte zuteil werden lassen; ihre Leberbeschwerden und die Ratschläge von Doktor Wesser; ihre politischen Ansichten, die von gesundem Menschenverstand und einem jugendlichen Vertrauen in den Fortschritt der Menschheit geprägt waren; die Mühe, die es sie kostete, sich in der Provinz über die moderne Kunst auf dem laufenden zu halten. Ab und an preßte ihr die freudige Erregung die Stimme zu einem kurzen Schluchzer zusammen; endlich spielte sie die Rolle, die zu spielen sie seit Jahren geträumt hatte, die Rolle der Mutter, die sich anschickt, mit ängstlicher Fürsorge ihre Tochter den Händen eines soliden, arbeitsamen und rechtschaffenen jungen Mannes anzuvertrauen. Sie war so vertieft in diese Rolle, daß sie es beinahe versäumte, jenen jungen Mann zu betrachten, und später, als sie ihn sich wieder ins Gedächtnis zurückrufen wollte, sah sie nur noch ein blondes Haarvlies und zwei dicke, an einem Flaschenhals saugende Lippen vor sich.

Diese wenigen Stunden im Garten der Pension waren die einzigen, die meine Mutter in Gesellschaft der Justizbeamtenfamilie verbrachte. In der Nacht hatte meine Schwester einen Blutsturz; ein eilig herbeigerufener Arzt überwies sie ins Krankenhaus; zwanzig Tage später reisten meine Mutter und Giulia im Schlafwagen nach Dronero zurück. Und von dem jungen Mann mit dem blonden Vlies hörten sie nichts mehr; Cousine Teresa erzählte, die Mutter des Jungen habe, als sie von dem Blutsturz hörte, einen Nervenschock erlitten, ihr Kopf habe gewackelt und getanzt, als wollte er davonrollen; sie hatte sofort nach Lucca zurückreisen und den Sohn aus jener Pension entfernen wollen, wo ihr selbst aus den Wänden Blut zu tröpfeln schien; Cousine Teresa sagte, der junge Mann habe bei der Abreise ganz untröstlich ausgesehen und ihr in einer Flurecke die Hand gedrückt und dabei geweint wie ein Lämmchen. Aber jetzt wollte auch Cousine Teresa abreisen, sie war ganz verängstigt und besorgt, weil sie und ihr kleines Mädchen in einem Zimmer mit Giulia geschlafen hatten, wer weiß, ob sie sich nicht angesteckt hatten.

So war meine Mutter allein in dem Krankenhauszimmerchen zurückgeblieben, allein mit der ach so bleichen Giulia, die still wie eine kleine Tote im Bett lag, ihr schönes Haar auf dem Kissen ausgebreitet, die Augen geschlossen und die Lippen vom Fieber aufgesprungen. Meine Mutter war wütend auf Cousine Teresa, die sie allein gelassen hatte, und spazierte im Korridor des Krankenhauses auf und ab wie ein Bär im Käfig, sie trug den ganz verknitterten und fleckig gewordenen Rock mit den Punkten, weil ihr der Sinn nicht danach stand, einen anderen Rock anzuziehen, dabei hatte sie so viele Röcke, daß sie noch den Bettlern welche abgeben konnte.

Wenn sie sich an den Jungen mit dem blonden Vlies erinnerte, dann bebte meine Mutter vor Zorn. Wenn sie bedachte, daß er zu keiner großherzigen Regung, zu keiner tröstenden Geste imstande gewesen war! Wenn sie bedachte, daß er ohne einen Gruß, ohne ein Wort davongegangen war! Die Erinnerung an jenes blonde Vlies und an jenen Nachmittag, den sie mit der Familie des Justizbeamten verbracht hatte, flößte ihr jetzt einen tiefen Widerwillen ein. Aber als ihre Angst um Giulia ein bißchen nachließ, als ihr die Ärzte versichert hatten, Giulias Krankheit werde bei den Hilfsmitteln der modernen Medizin einen glücklichen Ausgang nehmen, als sie nach Dronero zurückgekehrt war und Giulia in dem großen Bett mit der geblümten seidenen Steppdecke untergebracht hatte, mit zwei ordentlichen Kissen im Rükken und dem von Doktor Wesser verordneten Malzextrakt auf dem Tischchen, da begann sich meine Mutter zwischen jenen Wänden, wo sie so viele glückliche Hoffnungen genährt hatte, wieder zu fragen, was wohl genaugenommen zwischen Giulia und jenem Jungen vorgefallen war. Hatte es ein Versprechen gegeben? Eine Verpflichtung? Giulia gegenüber wagte sie das Thema nicht anzuschneiden, da diese noch so schwach und abgezehrt war und mit einem Schal um die Schultern dalag, die schwächlichen, blaugeäderten Arme auf dem Kissen, das Haar von einem schwarzen Seidenbändchen zusammengehalten, und ihr übliches törichtes Lächeln lächelte, das nichts besagte. Ob Giulia litt? Wer konnte das wissen? Die Phantasie meiner Mutter trabte erneut durch die Stadt Lucca und den alten Palazzo mit den Deckengemälden aus dem Quattrocento, wo die Familie des Justizbeamten wohnte und von dem Cousine Teresa ihr erzählt hatte, er würde früher oder später zum nationalen Kulturdenkmal erklärt. Sie ging zu Cousine Teresa und peinigte sie mit Fragen nach der Zeit in Viareggio, und Cousine Teresa flehte sie an, sie in Frieden zu lassen, sie hatte alles gesagt, was sie wußte; die Sache war eben schiefgegangen, da konnte man nichts machen.

Meine Mutter jedoch wartete jenen ganzen Winter über sehnsüchtig auf die Post, mit der immer stärker werdenden Gewißheit, daß ein Brief von dem blonden Vlies kommen würde, für Giulia oder vielleicht sogar für sie selbst. Aber nichts dergleichen. Statt dessen kamen weiterhin Briefe von einer Nachtschwester aus dem Krankenhaus in Viareggio, der meine Mutter leichtsinnig eine Stelle im Krankenhaus von Pinerolo versprochen hatte, wo ein Freund von Doktor Wesser arbeitete. Meine Mutter hatte sich inzwischen ein bißchen mit Doktor Wesser zerstritten und mochte ihn nicht bitten, daß er seinem Freund schriebe.

Meine Mutter dachte seit einiger Zeit, Doktor Wesser sei vielleicht in Giulia verliebt, denn er verbrachte ganze Stunden mit ihr, um ihr deutsche Gedichte zu übersetzen, aus denen sich Giulia bestimmt einen feuchten Kehricht machte, und ihr alle seine Familienalben zu zeigen, polnische Herren in Pelz und Zylinder, Damen mit langen Perlenketten und Federhüten; arme Menschen, die während des Krieges umgebracht worden waren, arme Juden, die die Nazis aus dem Bett gezerrt und wer weiß wo in den Tod geschickt hatten. Doktor Wesser hatte niemanden mehr auf der Welt, außer einem jüngeren Bruder, der mit ihm zusammen aus Polen fortgegangen war und jetzt in der Stadt lebte, wo er in einer chemischen Fabrik arbeitete, der einzige Mensch, den Doktor Wesser noch gern hatte. Giulia hörte sich freundlich die langweiligen Reden von Doktor Wesser an und blätterte ihm zu Gefallen in den Familienalben, wo auch der Vater und die Mutter von Doktor Wesser zu sehen waren, vornehme und respektgebietende Leute, und es schmerzte, wenn man bedachte, wie sie umgekommen waren, vielleicht in den Steinbrüchen jener eisigen Lager; und zwischen ihnen erblickte man den Doktor und seinen Bruder als Kinder, sie staken in Kosakenkostümen für einen Karnevalsball.

Giulia ging es jetzt viel besser, sie konnte aufstehen und manchmal für ein Weilchen ausgehen; der Doktor begleitete sie hin und wieder auf diesen kleinen Spaziergängen, er schob sein Fahrrad mit Hilfsmotor neben sich her und mochte ihr wohl seine tragischen Geschichten von verschollenen Verwandten erzählen; nicht das Richtige für ein Mädchen, dachte meine Mutter, die immer gereizter wurde gegen Doktor Wesser und immer ärgerlicher, wenn sie vom Balkon hinunter auf die Straße blickte und sah, wie sich Giulias hohe Gestalt entfernte, Seite an Seite mit dem Doktor, der ihr mit Müh und Not bis zur Schulter reichte, eingemummt in seine braune Joppe, die er als Geschenk von der Vereinigung jüdischer Flüchtlinge erhalten hatte, ein kurzes Ding mit Pelzkragen und Gürtelschnalle, halb Jacke, halb Mantel. Zornig zählte sich meine Mutter all die Gefälligkeiten auf, die sie Doktor Wesser nach und nach erwiesen hatte: als die Deutschen nach Dronero kamen und der Doktor im Haus von Cousine Teresa versteckt war und sie ihm jeden Tag Zigaretten gebracht hatte; als der Doktor die Kolitis gehabt hatte und sie ihm Wolle brachte, damit er sich eine schöne warme Leibbinde stricken lassen konnte; und all die Flaschen Kirschlikör, die der Doktor schon geleert hatte, wenn er abends bei ihnen am Ofen saß und Giulia die Gedichte von Hofmannsthal übersetzte. »Hofmannsthal!« pustete meine Mutter voller Abscheu, und sie ahmte das gehauchte H des Doktors nach und die Art und Weise, wie er während des Vorlesens seine Krawatte betastete und sich blitzschnell das Schläfenhaar glattstrich. Meine Mutter begann nun, ihn unter dem einen oder anderen Vorwand zu schikanieren: Sie erkundigte sich nach einem Buch, das sie ihm vor Jahren geborgt hatte und das er nicht wiederfinden konnte; sie erklärte, der Malzextrakt, den er Giulia einnehmen ließ, sei schwer verdaulich; und wenn der Doktor sie abends besuchen kam, fegte sie wütend die regennasse Joppe vom Kanapee. Der Doktor hob die Jacke auf und hängte sie an den Kleiderständer; und dann fing er wieder an, Giulia mit seiner monotonen, milden Stimme die Gedichte von Hofmannsthal vorzutragen.

Manchmal hörte meine Mutter, wie der Doktor und Giulia miteinander lachten. Worüber sie lachten, wußte sie nicht; und daß der Doktor noch Lust hatte zu lachen, mit all seinen toten Verwandten, daß er noch Lust hatte, zu lachen und den Hanswurst zu spielen, mit all seinen Sorgen, dem wenigen Geld und dem immer wieder einmal arbeitslosen Bruder, das erschien meiner Mutter unbegreiflich. Der Doktor hatte keine Wohnung, er schlief in einem Zimmerchen über der Bar, und er bereitete sich sein Mittagessen selbst auf einem Kocher, irgend etwas Polnisches, das er sich zusammenpanschte; seine paar Lumpen wusch er selbst und hängte sie auf einer Leine zwischen Bett und Schrank auf. In den Schrank, zwischen seinen Büchern und Socken, legte der Doktor die Käse und die Eier, die ihm die Leute vom Lande brachten; er behandelte jedermann, und jedermann mochte ihn gern, und er behandelte auch die, die nicht zahlten; die Eier aß er oft genug gar nicht selber, er nahm sie und schenkte sie den Kindern, die auf der Straße spielten, er sagte, den Kindern täten die Eier mehr not als ihm altem Mann, dabei war er noch gar nicht so alt, höchstens vierzig, aber er hielt sich schlecht, lief krumm, die eine Schulter höher als die andere, und schlurfte mit den Füßen; und seit er dauernd um Giulia herum war, erschien er meiner Mutter auf einmal uralt und als der häßlichste Mensch, den sie je gesehen hatte.

Eines Abends, während Giulia mit einer Schachtel voller Wollreste auf den Knien im Sessel neben dem Ofen saß und aus Wollfäden in allen möglichen Farben Püppchen für unsere kleine Cousine Costanza bastelte, erklärte der Doktor meiner Mutter, er und Giulia hätten vor, im nächsten Frühjahr zu heiraten. Meine Mutter hatte diese Worte schon seit einer ganzen Weile erwartet, und doch empfand sie sie jetzt wie einen Schlag in den Magen. Sie drehte sich um und musterte Giulias Gesicht. Es war das Gesicht, das sie erwartet hatte: still, schläfrig, mit dem üblichen törichten Lächeln; Giulia hielt ein Ende Draht in der Hand, um das sie die Wolle wickelte; vor ein paar Tagen hatte sie angefangen, diese Püppchen zu fabrizieren, die einfach nach nichts aussahen. Ob sie den Doktor heiraten wolle, schrie meine Mutter sie an und riß ihr die Wollschachtel von den Knien, und Giulia hob die Arme, als wollte sie sich vor einer Ohrfeige schützen, und ihr Gesicht färbte sich plötzlich blutrot. Da empfand meine Mutter großes Mitleid mit ihr; sie stellte ihr die Schachtel wieder auf den Schoß, zog sich in einen Winkel zurück und wandte dem Doktor und Giulia den Rücken zu; und aus diesem Winkel heraus sagte sie, von ihr aus sollten sie ruhig heiraten, sie sei ja sowieso alt, und es kümmere sie überhaupt nichts mehr, nicht im geringsten.

Tags darauf ging meine Mutter zu Cousine Teresa. Natürlich, die Cousine Teresa wußte es seit langem, Giulia hatte sich ihr anvertraut: Giulia war bestimmt nicht verliebt, nach dieser Geschichte in Viareggio hatte sie sich nie mehr verliebt, aber bei dem Doktor fühlte sie sich wohl und war zufrieden. Sie schätzte ihn, weil er so gebildet, so fein war; und an den Tagen, wenn der Doktor in die Stadt fuhr, um seinen Bruder zu besuchen, fühlte sie sich verloren und langweilte sich mehr als sonst. Übrigens, so sagte Cousine Teresa, war Giulia nun fünfundzwanzig, und sie hatte diese scheußliche Krankheit gehabt, darum würde sie vielleicht nicht so leicht einen Mann finden; die Leute haben Angst vor dieser Krankheit. Und wenigstens würde sie, die ja Pflege brauchte, immer einen Doktor zur Hand haben, einen, der sie pflegte, ohne daß es etwas kostete; und das, so sagte Cousine Teresa und entblößte dabei all ihre Silberzähne, war auch ein Vorteil.

Meine Mutter machte die Runde bei allen Cousinen und Tanten, auf der Suche nach jemandem, der Giulia von dieser Heirat abzubringen vermochte; aber die Cousinen und Tanten wollten sich nicht einmischen, sie schüttelten den Kopf und sagten, endlich also würde die arme Giulia heiraten, es wäre wirklich schade, wenn sie nicht heiratete; der Doktor Wesser war sicherlich weder hübsch noch reich und auch nicht jung, doch er war ein ordentlicher Mensch, ein Mann, den die Kinder gern hatten und um den sie begeistert herumsprangen, wenn sie ihn vorübergehen sahen. Aber wie denn? rief meine Mutter aus. Bei dem sollte Giulia landen? Bei einem Kommunisten? Einem Juden? Einem Heimatlosen? Die Cousinen und die Tanten schüttelten den Kopf, Kommunist also war der Doktor Wesser, merkwürdig, daß sie nie etwas davon gehört hatten; aber daß er Jude war, was konnte das meiner Mutter schon ausmachen, hatte sie nicht immer in die Welt hinausposaunt, daß wir alle miteinander Brüder sind, Neger und Juden eingeschlossen?

Schließlich gab die Cousine Teresa aus Anlaß der Verlobung ein Mittagessen; und am Schluß, als eine große Torte mit kandierten Kirschen auf den Tisch kam, schubste die Cousine meine Mutter gegen Doktor Wessers Schulter, und meine Mutter mußte den Doktor auf seine fleischlose, von einer tiefen Falte gefurchte Wange küssen.

Da verspürte meine Mutter eine große Leere in sich. Auf dem Grunde ihrer Seele, wo sie so viele schöne

Träume genährt hatte, fand sie nichts mehr. Dronero, wo sie selbst die Steine auswendig kannte und wo überall Cousins und Verwandte nisteten, mißfiel ihr mehr denn je; sie brannte vor Ungeduld, in einer großen Stadt zu wohnen, wo sie sich mit tausend Dingen beschäftigen könnte und wo es schon unterhaltsam war, bloß durch die Straßen zu spazieren; und sie hatte jetzt starke Sehnsucht nach mir. Manchmal dachte sie, daß ich vielleicht eine gute Partie machen könnte. Gewiß, ich war nicht hübsch wie Giulia, und ich hatte diesen Staturfehler. Meine Mutter konnte sich nicht erklären, wieso ich so klein geraten war; und mein Haar war ganz kraus, ein formloser Schwaden. Dafür war ich viel intelligenter als Giulia, vielleicht würde ich später Bücher veröffentlichen, denn schon als kleines Mädchen hatte ich Verse geschrieben und sie in meinen Schulheften versteckt. Oft kam sie in die Stadt, unter dem Vorwand, Giulias Aussteuer zu besorgen; dann verabredete sie sich mit mir im Café und fragte, ob ich noch Verse schriebe. Es mißfiel ihr ein wenig, daß meine Zähne vorstanden; als ich klein war, hatte sie mir eine Klammer zur Korrektur des Gebisses machen lassen wollen, aber mein Vater war dagegen gewesen; mein Vater, Gott hab ihn selig, hatte so gewisse fixe Ideen. Sie überlegte, was man mit meinen Haaren anstellen könnte. Im Café setzte sich zuweilen meine Freundin, mit der ich zusammen wohnte, zu uns; meine Mutter war nicht allzu begeistert, daß zwei Mädchen allein wohnten, aber das strenge Aussehen meiner Freundin, die älter war als ich und an einer Oberschule Geschichte lehrte, beruhigte sie. Sie packte vor den Augen meiner Freundin die Unterröcke und Nachthemden aus, die sie für Giulia gekauft hatte, und bat sie, ihr zu helfen, eine Bleibe zu finden, denn in Dronero sahen wir uns überhaupt nicht mehr, und sie wollte in die Stadt übersiedeln. Dann fing sie wieder an, mir mit der Hand im Haar herumzuwühlen, ich zog den Kopf zurück, und meine Mutter fragte auch meine Freundin, was man mit meinem Haar anstellen könnte. Als sie von Doktor Wesser erzählte, fing sie beinahe an, mit ihm zu prahlen; sie erzählte, er sei ein Mann von unglaublicher Bildung, der sechzehn Sprachen beherrsche und auch von Musik eine Menge verstehe und sämtliche Philosophen gelesen habe; und sie sprach von den großen Reichtümern, die der Doktor als Kind in Polen besessen hatte, es war eine der besten Familien von Krakau gewesen, sie besaßen Kästen voller Tafelsilber, und seine Mutter trug zu Festen ein Brillantdiadem im Haar.

Im Bus, der sie nach Dronero zurückbrachte, fühlte sich meine Mutter ein wenig angeregter und zufriedener, nachdem sie ein paar Stunden in der Stadt verbracht hatte, durch die Läden gebummelt war, sich mit meiner Freundin und mir unterhalten und in dem Porzellan ihrer Schwestern herumgestöbert hatte; und sie war begierig, nach Hause zu kommen, um im Eßzimmer vor Giulia, dem Doktor und der Cousine Teresa die schönen, spitzenbesetzten Nachthemden auszupacken.

Der Doktor holte sie vom Bus ab, um ihr beim Tragen der Päckchen behilflich zu sein; und meine Mutter, die gerade über die einstigen Reichtümer des Doktors so große Reden geschwungen hatte, sah ihn jetzt gleichsam verschönt durch jene großen Reichtümer, die dann wer weiß wo geblieben, aber doch einmal vorhanden gewesen waren, und da gab sie sich ein wenig liebenswürdiger dem Doktor gegenüber.

Eines Abends, nachdem meine Mutter von einer ihrer Aussteuertouren zurückgekommen war und mit dem Doktor und Giulia im Eßzimmer saß, erklärte sie unvermittelt, sie habe das Haus in der Stadt gekauft. Sie erklärte, sie werde in die Stadt übersiedeln; übrigens wollte sie das schon seit Jahren tun, weil sie allmählich dieses Drecknest Dronero derart satt bekommen hatte, daß es sie, wenn sie ans Fenster trat und auf die Straße hinabblickte, vor Überdruß in der Kehle würgte; und auch Giulia und der Doktor mußten nach der Hochzeit in die Stadt übersiedeln, denn sie hatte absichtlich ein großes Haus genommen und gedachte nicht, sich jemals von Giulia zu trennen. Während sie sprach, stieg eine gewaltige Zanklust in ihr auf, und sie wartete nur darauf, daß der Doktor sagen würde, er und Giulia wollten in Dronero bleiben, dann wollte sie ihm erwidern, er sollte nur einmal versuchen, mit Giulia allein hier zu bleiben, Giulia war sehr verwöhnt, sie ließ sich bedienen und bückte sich nicht einmal, um eine Stecknadel aufzuheben, man mußte vom Morgen bis zum Abend um sie herum sein, ihr nachmittags ein geschlagenes Ei servieren und ihre Blusen bügeln; und das Geld, das er verdiente, reichte nicht einmal aus, um die Milch für das Hündchen zu bezahlen; genau so wollte sie sagen, »um die Milch für das Hündchen zu bezahlen«; also mußten sie tun, was sie wollte. Aber der Doktor sagte seelenruhig, er würde sich freuen, in die Stadt zu ziehen, er hatte keineswegs die Absicht, in Dronero zu bleiben, ja, auch er dachte seit geraumer Zeit an die Stadt, weil er gern in der Nähe seines Bruders sein wollte, den er sehr gern hatte. So blieb meine Mutter ganz erhitzt vor Zorn, den Mund voll von Speichel und Anwürfen, die herauszuschleudern sie keinen Anlaß fand.

Im Frühjahr heirateten Giulia und der Doktor. Es gab eine kirchliche Feier, aber der Doktor war Jude, und deshalb bekreuzigte er sich nicht einmal, und Giulia hatte die Genehmigung des Bischofs gebraucht, um sich mit einem Juden kirchlich trauen zu lassen; der Doktor stand neben Giulia, die Schulter von einem nervösen Zucken geschüttelt, und er machte andauernd seine gewohnte Handbewegung, mit der er sich die Krawatte und den Adamsapfel betastete. Mit mir war meine Freundin gekommen, die sich ebenfalls nicht bekreuzigte, weil sie Atheistin war, und sie schaute mit ihrem strengen Blick um sich; anwesend war auch der Bruder des Doktors, ein kleiner sommersprossiger, bebrillter Jüngling; und meine Mutter mit einem winzigen Hütchen voller blauer Federn und mehreren Schichten Puder auf dem vom Weinen fleckigen Gesicht. Und dann fuhren Giulia und der Doktor zu einer kurzen Hochzeitsreise an die Riviera; und als sie zurückkamen, stopfte der Doktor seine Bücher, den Kocher und sein bißchen Kleidung in einen Koffer und verließ für immer das Zimmerchen über der Bar, nach einem langen Abschied von der Wirtin, die vor Rührung weinte, und zog zu meiner Mutter.

Meine Mutter hatte sich nunmehr angewöhnt, ihn beim Vornamen, Chaim, zu rufen; und es machte ihr ein wenig Spaß, diesen ausländischen Namen auszusprechen.

Meine Mutter war inzwischen mit den Vorbereitungen für den Umzug beschäftigt; den ganzen Tag schrie sie hinter dem Dienstmädchen Carmela her, die das Geschirr einpacken sollte, aber alles zerbrach, was sie anfaßte; und ihr alter Vater saß neben dem Herd in der Küche und aß Brot und Käse, den Bart ganz voller Krümel und mit ein paar Latschen an den Füßen, aus denen es schlammig auf den Fußboden troff. Und immer war da auch Cousine Teresa, die meine Mutter bat, ihr dieses und jenes zu überlassen, mal den Wäschebottich und mal den Mülleimer, meine Mutter wolle doch wohl nicht mit dem Bottich und dem Eimer umziehen, alles Dinge, die bei einem Umzug stören und die man sich gern neu kauft. Cousine Teresa legte Carmela ans Herz, ihr alles beiseite zu stellen, dafür wolle sie ihrem Vater auch ein Paar schöne alte Pantinen schenken.

Carmela verfiel in Wehmut, wenn sie an ihren Vater dachte, der mutterseelenallein in Dronero zurückbleiben sollte, ohne daß sich auch nur ein Hund darum kümmern würde, ob er tot oder lebendig war; denn von all ihren Verwandten wollte keiner etwas von diesem halbverrückten und ständig betrunkenen Alten wissen; und sie legte Cousine Teresa ans Herz, ihren Mann, den Notar, zu überreden, daß er ihnen die Wohlfahrtsunterstützung verschaffte, sie hatten sie schon vor so vielen Jahren beantragt, und sie war ihnen stets verweigert worden, aber wer in Dronero war denn schon so arm wie sie und ihr Vater, sie sahen es ja selbst, was für ein armer alter Mann ihr Vater war.

Carmela war seit vielen Jahren bei uns in Stellung, mit einigen Unterbrechungen, weil sie ab und zu das große Mitleid mit ihrem Vater packte, der so alt, so verrückt und so allein war; und dann kehrte sie zu ihm zurück in jenes Loch von einer Wohnung in einem dunklen Gäßchen, ein Loch, so finster wie eine Höhle, wo die Mistkäfer auf dem Boden herumliefen; nach einiger Zeit erschien sie wieder in Begleitung des Vaters, und der Vater beschwor uns, wir sollten sie zurücknehmen, weil er sich abends betrank und sie dann verprügelte, und er befahl Carmela, ihre Arme zu entblößen und die blauen Flecken vorzuzeigen. Meine Mutter betrachtete die blauen Flecken und drohte, sie werde zu den Carabinieri gehen; sie willigte ein, Carmela wieder zu nehmen, und seufzte, sie habe ein großes Herz und lade sich so viele Scherereien auf den Hals; aber im Grunde war meine Mutter wohl zufrieden, Carmela zurückzuhaben, denn sie gab ihr einen sehr geringen Lohn und schenkte ihr nur hin und wieder ein paar Wäschestücke.

Nachts tauchte Carmelas betrunkener Vater unter unserem Balkon auf und jammerte; und er wimmerte lange von all seinem Unglück und von seiner einzigen Tochter, die in Stellung gehen mußte; dann sang er ein Loblied auf meine Mutter, eine Herrin mit einem großen Herzen, eine wirkliche Herrin; Carmela schluchzte, hinter den Gardinen versteckt, und meine Mutter genoß im Bett die jammervollen Loblieder, die ihr nachts in der stillen Straße gesungen wurden; und darum traute sie sich nicht, Carmelas Vater davonzujagen, wenn sie ihn, schön im Warmen, mit Brot und Käse versehen, in der Küche antraf.

Morgens hatte meine Mutter heftige Kopfschmerzen von jener Stimme, die ihren Schlaf gestört hatte; und sie sagte Carmela, wieviel Ärger und Scherereien sie habe, weil sie sie bei sich behalten hatte. Ja, einer der Gründe, so sagte sie, deretwegen es sie freute, in die Stadt zu ziehen, war, daß sie nachts nicht mehr diese jammernde Stimme hören mußte; und Carmela war ganz beschämt, wenn sie daran dachte, daß sie durch die Schuld ihres Vaters in die Stadt flüchten mußten.

Nach einigen Monaten in der Stadt verriet meine Mutter erste Zeichen von Ungeduld. Den Laden ihrer Schwestern hatte sie rasch satt bekommen, weil er nur von einigen knausrigen alten Weiblein besucht wurde, die stundenlang um den Preis eines Täßchens feilschten; und eines Tages dann, als sie sich ein wenig heftig umdrehte, hatte meine Mutter einen gitarrespielenden Pierrot heruntergeworfen. Meine Mutter behauptete, dieser Pierrot sei ihr immer unsympathisch gewesen, vielleicht habe er sogar Unglück gebracht, und sie freue sich, ihn kaputtgemacht zu haben; übrigens war es ja bloß ein ganz billiges Ding, eine Kitschfigur aus weißem Porzellan mit blauer Äderung, eines von den Dingern, wie man sie in den Wohnungen der Schneiderinnen sehen kann; richtig, sie würde die Scherben mit indischem Harz wieder zusammenkleben und ihrer Schneiderin zum Geschenk machen; unter den bestürzten Blicken der Schwestern hatte sie die Scherben aufgelesen und in ihre Handtasche getan. Im Weggehen hatte sie beiläufig hingeworfen, daß sie ihnen den Pierrot ersetzen würde; überhaupt konnten ihre Schwestern sich noch glücklich schätzen, denn sie hätten ihn sicherlich nie verkauft. Seither war ihr der Laden der Schwestern verleidet, ohnedies verweigerten sie ihr weiter hartnäckig die Geschäftsbeteiligung; die Scherben von dem Pierrot hatte sie noch ein Weilchen in der Handtasche herumgetragen und schließlich in die Mülltonne geworfen.

Es gab Tage, an denen sich meine Mutter in der Stadt fast ebenso langweilte wie in Dronero. Die Straßen im Zentrum kannte sie nun alle auswendig, sie hatte sie kreuz und quer durchstreift auf der Suche nach ein paar netten kleinen Räumen, in denen sie ihre Bildergalerie einrichten konnte; aber die Mieten, die für solche Räume verlangt wurden, waren schwindelerregend hoch; und im übrigen begann sich meine Mutter unruhig zu fragen, wo sie, war die Räumlichkeit einmal gefunden, die Maler hernehmen sollte, die bereit wären, bei ihr auszustellen. Sie kannte keinen einzigen; sie hatte gedacht, es würde ihr, einmal in der Stadt, ein leichtes sein, sogleich einen kleinen Kreis um sich zu scharen, sich mit gebildeten Menschen zu umgeben, deren Konversation Vergnügen bereitete; statt dessen hatte sie, seit sie in der Stadt war, lediglich mit einigen Lieferanten ein paar Worte wechseln können: dem Schuhmacher, der Putzmacherin, der Schneiderin. Die suchte sie manchmal sogar ohne Grund auf, ließ für dieses und jenes Maß nehmen, betrachtete eingehend Stoffe oder Modelle, die zu kaufen sie keineswegs beabsichtigte, und das nur, um einen Gesprächspartner und eine Beschäftigung zu haben; und wenn sie bei diesen Leuten war, ging sie umher wie bei sich zu Hause, rauchte und schnippte die Asche auf den Fußboden, musterte im Licht ein Stück Stoff oder einen Streifen Leder und äußerte mit lauter Stimme ihre Meinung dazu, ließ Bruchstücke ihrer allgemeinen politischen oder künstlerischen Auffassungen einfließen, in der Hoffnung, von anderen Kunden, von irgendeinem verfeinerten und gebildeten Menschen gehört zu werden, der ihren Geist zu schätzen wüßte und auf sie neugierig werden würde. Aber nichts dergleichen geschah; die Tage meiner Mutter schleppten sich immer leerer, immer zielloser dahin; ins Haus kam niemand, außer Jozek, Chaims Bruder, ein armseliger Besuch, der sich in einen Winkel des Eßzimmers setzte, um polnische Romane zu lesen; und wenn Jozek dann redete, so erwies er sich als sehr naseweis und äußerte Ansichten, die denen meiner Mutter stets zuwiderliefen. Ab und zu erkundigte er sich bei meiner Mutter mit sarkastischem Lächeln nach ihrer Bildergalerie, ob sie die Räumlichkeiten gefunden hätte und ob bald die Einweihung stattfinden würde; meine Mutter schrie ihn wütend an, er solle sich um seine eigenen Angelegenheiten kümmern, und Chaim versuchte, Frieden zu stiften, mit seinem milden Lächeln und den zuckenden Schultern. Giulia saß im Schaukelstuhl und hätschelte das Hündchen, die kleine Costanza machte am Tisch Hausaufgaben, die Zöpfe auf dem Rücken mit einem großen hellblauen Band zusammengehalten; Jozek entriß ihr das Band und stopfte es sich in die Tasche, die kleine Costanza kreischte und trat mit den Füßen; es kam die Stunde des Mittagessens, und Jozek ging nicht weg, er hoffte, meine Mutter würde ihn einladen; meine Mutter aber lud ihn aus Trotz nicht ein, sie schaute auf die Uhr, spazierte durchs Zimmer und schüttelte Kissen auf. Schließlich sagte ihm der Doktor etwas auf polnisch, wahrscheinlich, daß er gehen sollte; und Jozek warf Costanza das Band zu und ging, und Carmela trat ein mit ihrem ewig finsteren und verstörten Gesicht, ihren krummen, schlurfenden Füßen und setzte die Suppenschüssel auf den Tisch.

Zuweilen dachte meine Mutter noch an die Bildergalerie. Aber sie rückte sie in eine immer fernere, immer entlegenere Zukunft, und wenn sie daran dachte, dann immer schwungloser, immer schlapper. Und wenn sie die kühnen Vorstellungen, die sie einstmals genährt hatte, mit dem eintönigen Leben verglich, das ihr statt dessen zuteil geworden war, so hatte sie das Gefühl, eine große Ungerechtigkeit erlitten zu haben. Sie wußte nicht recht, wem sie die Schuld an dieser Ungerechtigkeit geben sollte; verwirrt gab sie sie mal ihrem eigenen Geldmangel, mal dem Doktor Wesser, der zuwenig verdiente, mal Giulia, die Doktor Wesser geheiratet hatte; dann wieder war sie wütend auf Carmela, die dumm und schmutzig war und immer ihre schmuddeligen Schürzen auf den Sessellehnen herumhängen ließ, und auf die kleine Costanza, die zuviel Marmelade aß, und auf die Cousine Teresa, die ihr nicht genug für den Unterhalt der Tochter zahlte. Cousine Teresa hatte ursprünglich die Tochter in einer Klosterschule unterbringen wollen, und meine Mutter hatte darauf bestanden, daß sie Costanza ihr anvertraute; aber jetzt merkte sie, daß sie sich da eine schöne Schererei auf den Hals geladen hatte, als sie dieses Mädchen ins Haus nahm, bloß weil sie gedacht hatte, eine Klosterschule wäre doch ein zu trübseliger Aufenthaltsort; ja, immer lud sie sich nur Scherereien auf den Hals, immer war sie bereit, sich für alle aufzuopfern, sie dachte nur an die anderen, und niemand dachte an sie.

Sie streifte lange in der Stadt umher, blickte in die Schaufenster und schimpfte halblaut über die steigenden Preise; dann setzte sie sich müde in ein Café, zog ihre elfenbeinerne Zigarettenspitze hervor und schob eine Turmak hinein; sie bestellte Halbgefrorenes mit Sahne, schaute sich um, rauchte und war wütend auf Giulia, die nie etwas von Ausgehen hören wollte. Ich bereitete mich doch wenigstens auf die Prüfungen vor, Giulia aber saß da und hätschelte den Hund und schaute aus den Fenstern, über den Garten hinweg, wo die Züge durch den Nebel davonratterten. Ein Leben ohne Sinn führte diese Giulia. Gegen Abend begann sich das Café zu füllen, meine Mutter lauschte auf die Gespräche, die an den Nachbartischen geführt wurden; sie erschienen ihr abgeschmackt, und doch hätte sie gern daran teilgenommen, wo aber waren denn die gebildeten Leute, die Intellektuellen und die Schriftsteller und die Maler, diejenigen, denen meine Mutter eines Tages in ihrer Galerie eine Tasse Tee anbieten wollte? Der Kulturclub, in den sie zuweilen ging, hatte sie ebenfalls enttäuscht, die Vorträge waren selten und schwer verdaulich, und es gingen nur ein paar alte Leutchen hin, die nach einer Weile einschlummerten. Meine Mutter hatte einen Vortrag über einen Musiker namens Béla Bartók gehört, dem Namen nach schien er ihr ein Pole zu sein, und von den Polen erwartete sich meine Mutter nichts Gutes; ein andermal war ein anmutiger und schmächtiger Jüngling, hübsch und fast nasenlos, auf den Zehenspitzen durch den Raum getänzelt und hatte einige Seiten aus einem Roman vorgelesen, der von einem Wal handelte. Meine Mutter hatte sich bei diesem Wal gelangweilt, und auf den Stühlen um sie herum saßen nur jene nickenden Alterchen; dennoch war sie bis zum Schluß dageblieben, regungslos in der ersten Reihe sitzend, und hatte den Jüngling mit ihren schwarzen blitzenden Augen fixiert. Aus der Nähe gesehen, hatte der Jüngling das müde Gesichtlein eines Vierzigjährigen, eine rosige, im Frost dahingewelkte Frucht. Meiner Mutter schien es, daß weder dieser Jüngling noch diese Alterchen noch dieser Saal noch dieser Wal die wahre Kultur seien. Wo aber war sie dann, die wahre Kultur? Wo waren die wirklichen Intellektuellen? Ohne sie erschien meiner Mutter die Stadt langweilig und leer.

Zuweilen kam meine Mutter zu mir herauf. Sie brachte eine Tüte Kuchen mit, teils weil sie naschhaft war, teils weil sie eben erst Halbgefrorenes mit Sahne gehabt hatte und leichte Gewissensbisse verspürte, daß sie die ganze Sahne allein aufgegessen hatte. Sie traf mich an, wie ich dasaß und studierte; sie wickelte die Kuchenstückchen auf meinem Schreibtisch aus und holte aus meiner Küche einen Teller; sie lachte ein bißchen über unsere winzige Küche, die wenig größer war als ein Schrank, aber sie sagte, auch sie könne so eine kleine Wohnung gebrauchen, nur Zimmer, Bad und winzige Küche, denn sie hatte genug von jenem großen Haus und davon, sich morgens Mittagessen und Abendbrot für so viele Leute auszudenken; vor allem hatte sie genug von diesem

Chaim. Ich fragte sie, was sie denn an Chaim störe, so gutmütig, freundlich und diskret, wie er war, aber meine Mutter sagte, das könne ich nicht begreifen, ihr Gesicht verfinsterte sich, und sie schlenkerte seufzend die dicken Perlen ihrer Halskette auf der Brust hin und her; um sie abzulenken, sagte ich, wie schick die Kette sei, und sie sagte, es sei ein Schund für tausend Lire. Wir hörten, wie sich der Schlüssel in der Wohnungstür drehte, es war meine Freundin, die nach Hause kam; sie trat herein, knöpfte sich den Regenmantel auf und ordnete sich die kurzen, von Regen triefenden Haarfransen auf der Stirn; mit ihr war ihr Verlobter gekommen, ein Student an der Technischen Hochschule. Während meine Freundin den Tee zubereitete, musterte meine Mutter den Studenten, einen großen rotblonden Jungen mit abstehenden Ohren; wir tranken zusammen Tee, leerten den Teller mit dem Kuchen, meine Mutter begann, Konversation zu treiben, aber bald entschuldigten sich meine Freundin und der Verlobte, sie müßten gehen, sich Möbel ansehen, weil sie in zwei, drei Monaten heiraten wollten.

Als wir allein waren, gab meine Mutter ihre Meinung über den Verlobten zum besten, ein hübscher Junge, schade nur, daß er solche Ohren hatte; eigenartig, daß meine Freundin diesen hübschen Jungen gefunden hatte, meine Freundin, die Ärmste, war doch wahrhaftig nicht hübsch, sympathisch ja, aber keineswegs hübsch. Dann fragte sie, ob ich, wenn meine Freundin heiratete, endlich wieder bei ihr zu Hause wohnen würde, aber ich erklärte ihr, ich wollte in diesem Zimmerchen mit der kleinen Küche bleiben, das meiner Freundin gehörte und für das ich ihr eine ganz geringe Miete zahlen würde; meine Freundin würde nach der Hochzeit mit ihrem Mann in eine Wohnung ziehen, die seinem Vater gehörte. Dann waren sie also wohlhabend, sagte meine Mutter, wenn sie Wohnungen besaßen, also machte meine Freundin eine gute Partie; alle anderen hatten immer Glück, bei ihr dagegen ging alles schief, sie war schon als Pechvogel auf die Welt gekommen.

Bevor meine Mutter ging, seufzte sie lange und sagte, wie leid es ihr täte, daß sie mich allein lassen müsse, ich war der einzige Mensch, mit dem sie gut auskam; mit Giulia kam sie nicht gut aus, sie hatten sich nichts mehr zu sagen; übrigens hatte man sich mit Giulia zu keiner Zeit viel sagen können. Seufzend gürtete meine Mutter ihren Pelz, knüpfte sich das Tuch um den Hals und steckte den Pappteller, auf dem der Kuchen gelegen hatte, in ihre Handtasche, denn auf solche Pappteller rieb Carmela den Käse.

Die Signora Fontana lernte meine Mutter beim Friseur kennen. Meine Mutter saß in dem großen Raum, weil die Kabinen alle besetzt waren; sie hatte den Kopf unter der Haube und einen Stapel Illustrierte auf dem Schoß. Aus Platzmangel hatte man sie in eine Ecke gesetzt, nahe bei einer Tür; die Tür führte auf einen Hof hinaus, und jedesmal, wenn sie geöffnet wurde, spürte meine Mutter, wie ein kalter Luftzug über sie wegstrich. Sie hatte das Gefühl, als wäre ihr Kopf unter der Haube schon ganz ausgetrocknet und zerkocht und mit glühenden Haarnadeln übersät, und sie war sicher, daß sie sich bei der Hitze unter der Haube und dem kalten Zug vom Hof her eine Lungenentzündung holen würde; sie rief nach den Friseusen und sagte, sie habe nun genug davon und sie sollten sie auskämmen, aber keine wollte auf sie hören; vielbeschäftigte Mädchen sahen kurz bei ihr vorbei, betasteten eben nur mit den Fingerspitzen ihr Haar und hießen sie, sich wieder unter die Haube zu setzen. Auf einem hohen Drehstuhl neben meiner Mutter saß eine kleine Frau mit einer kurzen heufarbenen Mähne, spitzem Gesicht und kurzsichtigen Augen; sie hatte eine großporige Haut, die aussah wie aus Lehm; sie hielt die Finger hoch und schwenkte sie in der Luft, damit der Nagellack trocknete;

auch sie beschwerte sich über den kühlen Zug, und sie begann, meine Mutter zu bedauern, die bereits eine ganze Weile unter der Haube saß, ja sie lachte sogar ein wenig, ziemlich frech, über meine Mutter und erklärte, sie komme nur hierher, um sich maniküren zu lassen, die Haare wasche sie sich selbst zu Hause, weil ihre Tochter ihr zum Geburtstag einen Fön geschenkt habe.

Die kleine Frau sprach mit einer rauhen, summenden Stimme, sie trug ein nicht sonderlich hübsches, schwarzweiß kariertes Kleid und an den Füßen Sandalen, die für den Winter ganz und gar ungeeignet waren. Meine Mutter hatte an jenem Tag ausgerechnet keine große Lust, Konversation zu treiben, außerdem mißfiel ihr, daß die kleine Frau mit der Mähne frech über sie gelacht hatte, als sie nach den Friseusen rief und keine sich um sie kümmerte, und so antwortete sie anfangs etwas einsilbig und frostig auf ihr Gerede. Die kleine Frau erzählte, der Friseur tauge überhaupt nichts mehr, es sei immer so voll, und die Angestellten hätten keine Manieren; ihrer Tochter hätten sie einmal in der Eile eine Büchse mit irgendeiner Säure über das Kleid gekippt; es war ein schönes, brandneues granatfarbenes Kleid, und ihre Tochter hatte es schwarz färben lassen müssen, und Schwarz passe ja nun wahrhaftig nicht zu einem Mädchen von achtzehn Jahren.

Sie sagte meiner Mutter, sie kenne sie schon eine Weile vom Sehen, weil sie ihr beim Schuhmacher begegnet war; sie gingen zum selben Schuhmacher, die kleine Frau hob ihre sandalenbekleideten Füße hoch, es war wirklich ein erstklassiger Schuhmacher, er fertigte solche ganz weichen Schuhe an, die man gar nicht spürte; die kleine Frau konnte nur Sandalen tragen, weil sie zarte Füße hatte und es nicht aushielt, wenn sie ganz in Leder gezwängt waren; für Regentage hatte sie noch ein Paar federleichte Galoschen aus Kunstgummi, wie sie jetzt in Amerika aufkamen. Aber bei Kälte? fragte meine Mutter. Bekam sie denn bei Kälte keine Frostbeulen? Die kleine

Frau mußte lachen, sie wußte gar nicht, was eine Frostbeule war, denn sie war gut durchblutet; ja, sie ging sogar stets ohne Handschuhe und ohne Hut, und wenn sie einmal den Hut aufsetzte, dann erkältete sie sich bestimmt gleich. Diesmal war sie sicher, daß sie sich erkältet hatte, denn wenn sie auch nicht unter Kälte litt, so war sie doch empfindlich gegen Zug, und dieser Friseur war berüchtigt dafür, daß es bei ihm zog; wenn sie nachher heimkam, würde sie gleich eine herrliche Tasse Milch mit Rum trinken.

Sie gingen zusammen hinaus, und die kleine Frau schlug vor, in ein Café zu gehen und irgend etwas zu trinken. Sie sagte ihren Namen: Sie hieß Priscilla Fontana; ihre Freunde nannten sie Scilla; sie lebte von ihrem Mann getrennt, hatte eine Tochter und entwarf Modelle für ein Modehaus. Aber in ihrer freien Zeit malte sie auch ein bißchen, und da begann meine Mutter, sich für diese drollige, ein bißchen freche kleine Frau zu interessieren; sie betrachtete die winzigen Füße in den flachen Sandalen, das helle Mäntelchen, das ziemlich abgetragen und verschlissen aussah, und die in der Kälte flatternde heufarbene Mähne, und es tat ihr fast ein bißchen leid, daß sie nicht auch Sandalen trug, sondern Lackschuhe mit Stöckelabsätzen.

Sie setzten sich ins Café; die Signora Fontana war dort mit ihrer Tochter verabredet, aber von der Tochter war noch nichts zu sehen. Meine Mutter hatte Appetit auf Halbgefrorenes mit Sahne, das sie aber nicht zu bestellen wagte, weil sie fürchtete, die Signora Fontana könne für sie bezahlen wollen. So bestellte sie etwas weitaus Billigeres, einen kleinen Cinzano, die Signora Fontana hingegen bestellte sich einen Rhabarbersaft mit einem Scheibchen Zitrone und einem Schuß Magenbitter. Meine Mutter hätte jetzt gern über ihren Plan von der Bildergalerie gesprochen, aber sie vermochte das Geplauder der Signora Fontana nicht zu unterbrechen, die ihren Mund auch nicht für einen Augenblick still hielt: Sie hatte sich meiner Mutter gegenüber mit den Ellbogen auf den Tisch gestützt, ihr spitzes Kinn auf die Handfläche gelegt, und sie sprach so schnell, daß meine Mutter ihr nicht mehr folgen konnte; Barbara und Gilberto und Menelaos – meine Mutter kannte keinen davon. Dann begriff sie, daß Menelaos ein Kater war. Sie fühlte sich müde und verstört und war ganz durcheinander; und sie langweilte sich ein bißchen, wie immer, wenn ein anderer redete und nicht sie selber.

Dann bekam sie mit, daß Barbara die Tochter war; und diese Barbara tauchte endlich auf. Sie war ein wunderschönes Mädchen, und meine Mutter war verblüfft, weil sie nicht erwartet hatte, daß diese hudlige kleine Frau eine so hübsche Tochter haben könnte. Barbara kam auf sie zu und schüttelte dabei ihren prächtigen feuerroten Haarschopf, der zu einem Pferdeschwanz gebunden war; sie hatte ein rundes, blühendes Gesicht, kleine schneeweiße Zähne und einen arglosen Blick; sie kam langsam heran, mit weitem, offenem Mantel und herabbaumelndem Gürtel, um den Hals hatte sie ein grünes Tüchlein gebunden, das ihren Teint schimmernd zart machte, unter dem Arm trug sie eine Schulmappe. Wo sie vorbeiging, drehten sich alle nach ihr um, und meine Mutter fühlte sich auf einmal sehr unglücklich, sie hatte immer gedacht, Giulia wäre hübsch, aber jetzt, als sie die Tochter der Signora Fontana erblickte, kam sie ihr nicht mehr gar so hübsch vor; was hatte denn Giulia schon Hübsches an sich? Nach Giulia hatte sich nie einer umgedreht, wenn sie vorüberging; und außerdem, selbst wenn sie hübsch gewesen wäre, was nützte es denn, da sie doch den Doktor Wesser geheiratet hatte? Für einen Augenblick verlor sich meine Mutter in bitteren Gedanken, während sich Barbara an den Tisch setzte, ihr Tüchlein aufknüpfte und sich ein Erdbeereis mit sehr viel Sahne bestellte. Als meine Mutter dann Barbara aufmerksamer musterte, bemerkte sie, daß sie ein paar Sommersprossen hatte, daß ihre Nase ein bißchen kartoffelförmig und ihre

Brüste zu groß geraten waren; mit dreißig würden ihr diese Brüste schlaff herabhängen. Ja, ja, wer weiß, was mit diesen Brüsten geschah, wenn sie erst dreißig war.

Dennoch empfand meine Mutter, als sie an jenem Abend heimkam, tiefe Verachtung für sich selbst; und sie wäre lieber in die kleine Wohnung im sechsten Stock in der Via Tripoli heimgekommen, wo die Signora Fontana lebte, wo der Kater Menelaos und ein Dienstmädchen namens Settimia warteten. Settimia hing so an der Signora Fontana, daß sie keinen Lohn verlangte, aber die Signora Fontana hatte ihr trotz ihres Einspruchs ein Bankkonto angelegt. In der kleinen Wohnung in der Via Tripoli war immer für vier oder fünf Personen gedeckt; wer kam, von dem wurde als selbstverständlich angenommen, daß er zum Essen blieb. Es konnte Gilberto hereinschneien, der Exgatte der Signora Fontana; sie waren geschieden, aber beste Freunde geblieben; Gilberto war Geschäftsmann, und wenn seine Geschäfte gut gingen, brachte er Gardenien und Süßigkeiten mit. Oder es konnte Crovetto kommen, ein Freund von Gilberto, der auf die Jagd ging und immer Wachteln und Rebhühner anbrachte; und niemand konnte so gut Rebhühner zubereiten wie Settimia. Oder es kam Pinuccio, Barbaras Verlobter; denn Barbara war, obwohl sie noch so ein kleines Mädchen war, bereits verlobt: ein junger Mann von sechsundzwanzig, solide, Doktor der Rechtswissenschaften; seine Familie lebte in Sizilien, eine große Familie, die nicht gar zu begeistert von der Heirat war: altmodische Leute voller bürgerlicher Vorurteile, Adelspack, sagte die Signora Fontana; später würden sie schon zur Vernunft kommen.

Als meine Mutter nach Hause kam, fand sie wie üblich Jozek vor, und da es ein Sonnabend war, auch mich. Wie immer lungerte Jozek lange herum, in der Hoffnung, zum Abendessen eingeladen zu werden, und meine Mutter, der einfiel, daß Signora Fontana immer Gäste zu Tisch hatte, lud ihn auch wirklich plötzlich ein. Während des Abendessens erzählte meine Mutter von ihrer neuen Bekanntschaft, und Jozek behauptete natürlich, die Signora Fontana zu kennen, er tat immer so, als wisse er alles und kenne alle Leute; aber sicher, die Signora Fontana, so eine mit kurzen Beinen und langem Oberkörper; und sie hatte eine Tochter mit roten Haaren. Im Jahr zuvor hatte sie in der Nähe von Jozeks Bekannten gewohnt; die Mutter war eine verrückte Intrigantin, die Tochter eine kleine Nutte. Bei diesen Worten Jozeks ging meine Mutter in die Luft: Jozek war eine böse Tratsche, eine Schlange; bestimmt hatte er dieses Mädchen belästigt, und sie hatte ihn abgewiesen, und nun rächte er sich auf diese Weise. Chaim versuchte wie immer, meine Mutter zu besänftigen: Wahrscheinlich sprachen sie von völlig verschiedenen Leuten. Aber meine Mutter blieb den ganzen Abend verstimmt, und nahm sich vor, Jozek nie wieder zum Abendessen einzuladen; er war schlecht erzogen, er hatte sich drei dicke Scheiben Fleisch genommen: So blieb für morgen keines mehr übrig.

Meine Mutter und ich brachten den ganzen Sonntag damit zu, alte Briefe zu sortieren und unsere Familienfotos in ein Album einzukleben: Ein Familienalbum hatte nicht bloß Chaim, sagte meine Mutter, auch wir hatten eines. Giulia lag oben in ihrem Zimmer zu Bett, weil sie sich nicht wohl fühlte: Sie war schwanger und litt unter Übelkeit und Schwindelanfällen. Chaim war mit Jozek ins Konzert gegangen, und Costanza spielte im Garten mit Carmela Ball. Bald schon, sagte meine Mutter, in ein paar Jahren, würde Giulias Kind im Garten mit dem Ball spielen, sie hoffte nur, daß es Chaim nicht allzu ähnlich würde. Und ebensowenig Jozek; ein scheußlicher Kerl, dieser Jozek, sagte sie zu mir, eine Schlange, eine Giftzunge. Aber als ihr wieder alte Fotos von mir und Giulia als kleinen Mädchen in die Hand fielen, wurde meine Mutter zärtlich gestimmt; da war Giulia mit ihren langen Beinen, den schwarzen Strümpfen, dem Matrosenkragen und dem großen Strohhut, der unter dem Kinn mit einem Band geknüpft wurde; und jetzt sollte sie ein Kind bekommen! Der Gedanke an dieses Kind von Giulia, das im Sommer zur Welt kommen sollte, rührte meine Mutter, aber sie vergaß darüber nicht ihren üblichen Groll. Sie hatte es erst an diesem Tag erfahren, durch bloßen Zufall, von Giulia, die im Bett geblieben war; sie erfuhr ja selbst die wichtigsten Dinge nur auf diese Weise, durch Zufall. Wenn das Kind dasein würde, sagte sie zu mir, würde sich Chaim vielleicht endlich aufraffen, Geld zu verdienen; denn es war eine Schande, daß ein Mann von vierzig Jahren sich von seiner Schwiegermutter beinahe aushalten ließ; ein Glück, daß sie das Haus in Dronero besaß, das sie jetzt vermietete, und dazu die Pension ihres Mannes und das Stückchen Weinland auf den Hügeln von San Damiano; außerdem besaß sie noch gewisse Aktien der Italgas, der Italienischen Gasgesellschaft. Wenn die nicht gewesen wären, wer weiß, wie sie sich hätten durchschlagen müssen. Von diesen Italgasaktien, sagte sie zu mir, durfte niemand etwas wissen, sie waren ihr Geheimnis, und wehe, wenn es ihre Schwestern erfuhren, sie würden sich das Geld zurückzahlen lassen, das sie ihr geborgt hatten, damit sie sich das Haus hier in der Stadt kaufen konnte. Sie würde diesen Betrag später zurückzahlen, sobald sie den Prozeß gewonnen hatte, den sie gegen die Gemeinde Dronero führte, weil sie ihr fast ohne Entschädigung zwei Räume weggenommen hatten, um darin ein Kinderheim einzurichten. Ich fragte sie, weshalb sie nicht ein paar Italgasaktien verkaufe, damit Chaim sich eine Praxis im Stadtzentrum einrichten könne; aber da war meine Mutter beleidigt und sagte, ich verstünde überhaupt nichts von Geschäften, ich sei nur ein Fratz ohne Urteilsvermögen, und so was wolle von Geschäften reden.

Aber als ich mich anschickte zu gehen, wollte sich meine Mutter mit mir versöhnen; sie wollte mir einen Anhänger für ein Kettchen schenken, den sie an jenem Tag aus einem Kästchen, zwischen alten Fotos hervorgekramt hatte; und sie sagte mir, die Signora Fontana habe sie für Dienstag zum Tee eingeladen, weil meine Mutter im Café darauf bestanden hatte, die ganze Rechnung zu begleichen: und das Mädchen hatte ein großes Erdbeereis gegessen. Die Signora Fontana hatte sie gebeten, auch uns beide zum Tee mitzubringen, denn schließlich war es meiner Mutter doch gelungen, auch ein bißchen zu Wort zu kommen, und da hatte sie von uns beiden erzählt. Meine Mutter sagte zu mir, sie glaube nicht eine Silbe von dem, was Jozek erzählt hatte, diese Schlange, diese bösartige Tratsche; es waren im Gegenteil anständige Leute, man brauchte sie nur anzuschauen. Sie fürchtete, ich könnte ablehnen mitzukommen, deshalb sagte sie, die Signora Fontana habe eine Menge Bekannte und könnte mir Schüler für Nachhilfestunden verschaffen. Ich hätte schon genug Stunden zu geben, entgegnete ich, und brauchte gar nicht mehr; aber ich versprach, daß ich mitkommen würde.

So machten wir uns am Dienstag nachmittag alle drei auf die Suche nach der Via Tripoli, meine Mutter in der Mitte zwischen mir und meiner Schwester; wie lange es schon her war, sagte meine Mutter, daß wir alle drei zusammen einen Spaziergang unternommen hatten; sie freute sich, war aber ein bißchen nervös, weil sie fürchtete, daß wir uns verspäten würden. Niemand wußte, wo die Via Tripoli war, und so irrten wir ein Weilchen in einem Neubauviertel umher, auf ungepflasterten Straßen, zwischen Pfützen und Rasenfetzen, die von grauem, schmutzigem Schnee bedeckt waren; endlich fanden wir die Via Tripoli, einen Graben längs eines Zaunes, der auf einen kleinen Hof voller Schnee und großer Eisenplatten mündete; jenseits des Hofes erhob sich ein hohes, schmales Haus, das am Rande des unbebauten Landes wie ein Turm in den Nebel stach.

Nicht gerade ein freundliches Viertel, bemerkte meine

Mutter, während wir die Treppen hochstiegen; aber die Wohnungen im Zentrum waren teuer, und auch sie hatte ja das Haus am Stadtrand nehmen müssen; dennoch gefiel ihr ihre eigene Wohngegend besser als diese hier, und wer weiß, wie es der Signora Fontana gelang, mit ihren Sandalen durch den Schlamm zu waten; nicht gerade ein vornehmes Viertel, steile Treppen und kein Fahrstuhl; sie mußte anhalten, um Atem zu schöpfen, und zog ein Taschentuch hervor, um sich den Schnee von den Schuhen zu wischen.

Geöffnet wurde uns von dem Dienstmädchen Settimia, einem in zahllose Umschlagtücher gehüllten alten Weiblein; sie führte uns einen Flur entlang in einen kleinen Salon. Wenig Mobiliar, schwach leuchtende Lämpchen; durch eine Tür, die zum Flur hin halb offenstand, blickte man in ein Schlafzimmer mit noch ungemachten Betten, ein Nachthemd lag zusammengeknüllt auf dem Kopfkissen. In einer Ecke des Salons saß auf einem Diwan mit einer sardischen Decke der Kater Menelaos: ein ziemlich wilder Siamkater, der sich nicht streicheln ließ und sofort ausriß. Wir setzten uns um einen Tisch, auf dem eine fette Topfpflanze stand, und meine Mutter machte sogleich das Zeichen der Hörner, weil dickblättrige Pflanzen Unglück bringen. Wir saßen da und warteten und schauten durch die Fenster auf die Abenddämmerung über dem toten Land, und meine Mutter sagte verdrossen, da hätten wir nicht so durch den Schlamm zu rennen brauchen, was für unhöfliche Leute, die nicht zu Hause waren, nachdem sie uns eingeladen hatten.

Endlich kam die Signora Fontana heim, und hinter ihr die Tochter, und die Signora Fontana, mit Päckchen beladen, begann sich gleich zu entschuldigen. Sie waren zu Einkäufen unterwegs gewesen, in ein paar Tagen ging die Tochter auf einen großen Ball, und sie fing an, die Päckchen auszuwickeln und uns Tüll- und Samtstoffe zu zeigen; sie selbst hatte das Kleid für die Tochter entworfen:

enganliegendes Oberteil und weiter Rock, vorn in der Mitte drei Falten, hinten drei Plisseefalten und ein Zweiglein mit Röschen am Halsausschnitt: etwas sehr Duftiges, sehr *jeune fille*. Meine Mutter hörte sie mit strenger Miene an, noch immer beleidigt, weil sie hatte warten müssen: Waren sie echt oder falsch, die Röschen, erkundigte sie sich plötzlich; frisch selbstverständlich, frische Rosen, antwortete Signora Fontana. Dann erschien das Dienstmädchen Settimia mit dem Tee; zum Tee wurden Kekse, dick und hart wie Steine, gereicht, von der Sorte, die man in den Milchläden zum Milchkaffee hinzubekommt.

Meine Mutter verlangte die Bilder zu sehen. Die Signora Fontana führte uns in ein anderes Zimmerchen, wo ihre Bilder herumstanden: Wir erblickten blauschwarze, längliche Köpfe, man wußte nicht, ob von Mann oder Frau, mit zwei Kreuzchen anstelle der Augen und einem Gitter anstelle des Mundes; und im Hintergrund Häuser über Häuser, die an einem gitterverriegelten Himmel lehnten, Häuser über Häuser mit vergitterten Fenstern und krummen Schornsteinen, aus denen blauschwarzer Rauch entwich.

Ja, sagte meine Mutter, das war moderne Malerei; andere verstanden sie nicht, aber sie verstand sie, nur, sie wirkten auf sie ein bißchen traurig, wie ein Gefängnis; aber vielleicht war dieses Viertel schuld daran, wenn die Signora Fontana so viele Gitterstäbe malte, denn es war ein tristes Viertel, ein Viertel, das einem Gedanken ans Gefängnis einflößen konnte. Da waren all diese großen Häuser, die einem wie Gefängnisse und Kasernen vorkamen, und dann dieses öde Land ringsumher. Aber Signora Fontana pflichtete ihr darin nicht bei: Ihr erschien das Viertel keineswegs trist, sie sollte es einmal im Frühling sehen, wenn die Wiese voller Anemonen stand; man wachte morgens vom Geläut der Schafglocken auf, und sie nahm dann Palette und Pinsel und ging hinab, um mitten im Gras zu malen.

Sie betrachtete Giulia und sagte, sie habe einen schönen Kopf, einen interessanten Kopf; sie hätte sie gern porträtiert, schade, daß das Licht schon so schwach war. Meine Mutter war jetzt guter Stimmung und prahlte mit Giulia, die ein Kind bekommen sollte; und die Signora Fontana sagte, wenn das Kind da wäre, sollten sie sich bei ihr Rat holen, sie hatte eine Zeitlang in einem *Kinderheim** gearbeitet, als sie dringend Geld brauchte. Sie hatte schwierige Zeiten durchgemacht, sagte sie, und sich immer allein durchgeschlagen, ihr Mann Gilberto, der Ärmste, war kein Mann, auf den man bauen konnte; ein schwacher, unbeständiger Charakter, die Ehe hatte nicht einmal ein Jahr gehalten; aber sie waren gute Freunde geblieben. Als Mädchen hatte sie Ballettunterricht genommen, sie war in ihrer Familie verwöhnt und verzärtelt worden; dann gab es finanzielle Nackenschläge, die Familie zerstreute sich in alle Winde; und sie hatte, um zu überleben, alles mögliche gemacht und sich immer nur auf ihre eigenen Kräfte verlassen. Sie hatte einer Laienspielgruppe angehört; war im Journalismus tätig gewesen und als Sekretärin eines Abgeordneten, und da er Witwer war, mußte sie auch seinem Haushalt vorstehen: Es hatte offizielle Essen gegeben, bei denen sie an der Seite von Botschaftern und Ministern saß. Sie hatte alle möglichen Leute kennengelernt, ihr Leben war ein einziger Roman, und vielleicht würde sie, bevor sie starb, ihre Memoiren schreiben.

Meine Mutter erklärte, ich sei sehr begabt für das Schreiben; ich hatte schon als kleines Mädchen Verse verfaßt und Aufsätze, die vor der ganzen Schule gelesen wurden; ich war sehr, sehr begabt, jetzt war ich Redaktionssekretärin bei einer Zeitschrift; ich gab Unterrichtsstunden, hatte diese Arbeit in der Redaktion, und nachts studierte ich, um meinen Doktor zu machen, und sie hatte

* Im Original deutsch.

große Angst, ich könnte einen Nervenzusammenbruch bekommen. Sie fragte die Signora Fontana, wie ich auf sie wirkte: Was meinte sie, was man mit meinen Haaren anstellen könnte? Die Signora Fontana nahm meinen Kopf zwischen ihre Hände und drehte ihn hierhin und dahin, dachte nach und rümpfte die Nase; schließlich erklärte sie, man müsse mir die Haare ganz kurz schneiden und ich solle mir nur eine ganz, ganz leichte Dauerwelle machen lassen. Dann sagte sie zu ihrer Tochter, sie solle uns Mädchen in ihr Zimmer mitnehmen, schließlich war auch Giulia noch ein Mädchen, sie hatte ein so junges Gesicht, und sie solle uns ihre Kleidchen und all ihre Sächelchen zeigen; sie wolle mit meiner Mutter ein bißchen über den Plan der Bildergalerie reden.

Wir folgten dem Pferdeschwanz, der flammendrot über einer Schülerinnenschürze aus schwarzem Alpaka schaukelte; wir gingen in das Schlafzimmer, das inzwischen schlecht und recht in Ordnung gebracht worden war, die Betten waren aufgeschlagen und wieder zugedeckt worden; wir setzten uns auf die Betten, und Barbara gestand uns lachend, daß sie gar nicht viele Kleider zum Zeigen habe, ihre Mutter bluffe immer, sie habe nur zwei, nichts Besonderes; dieses neue für den Ball würde vielleicht ganz hübsch werden. Es war ein wichtiger Ball, weil Verwandte ihres Verlobten aus Sizilien dabeisein sollten, die im Urlaub hier waren; er hoffte, sie diesen Verwandten vorstellen zu können, damit sie ihnen sympathisch würde und sie sich, wenn sie nach Sizilien zurückkamen, für die Heirat einsetzen würden; die Familie Pinuccios, ihres Verlobten, hatte niemals etwas von ihr sehen wollen, nicht einmal ein Foto, weil sie von einer vom Festland nichts hören mochte; es waren extravagante, hochmütige Typen, Adelspack mit einem Haufen Geld; sie lebten verrammelt in einem Kastell über dem Meer, man sah nichts anderes als Meer, Kaktusfeigen und Meer. Der Vater wog mehr als zwei Zentner, und wenn er die Treppen hochging, dann hakte er sich bei zwei Dienern unter; und es saßen noch etliche unverheiratete Schwestern im Hause, die Trauer um einen im Krieg gefallenen Onkel trugen, und darum kamen sie niemals über die Einfriedungsmauer hinaus; sie buken das Brot im Hause, strickten solche langen schwarzen Strümpfe, die wie Schlangen aussahen, und beteten abends vor dem Ewigen Lämpchen den Rosenkranz. Wenn sie Pinuccio heiratete, sollte sie unter diese Leute verschlagen werden, und das paßte ihr überhaupt nicht. Sie versuchte, Pinuccio zu überreden, daß er auf dem Festland blieb, Pinuccio würde in wenigen Monaten Anwalt sein, er könnte eine Praxis in Turin oder Rom eröffnen; er aber hatte es sich in den Kopf gesetzt, nach Sizilien zurückzukehren, und er träumte von nichts anderem, als mit ihr zusammen die Freitreppe hinaufzusteigen, die zwischen den Klippen zum Kastell emporführte, und sich mit ihr im Dunkel eines Salons so groß wie ein Exerzierplatz herabzubeugen und die Hand jenes zwei Zentner schweren Vaters zu küssen.

Pinuccio konnte das im Laden gekaufte Brot nicht ausstehen, und seine Schwestern schickten ihm wagenradgroße Brote mit harter Kruste, Brote, die beim Schneiden in Krümel zerfielen, weil sie altbacken waren, und sie schickten ihm eine Art Würstchen, die ganz in Pfeffer eingelegt waren, und ein bestimmtes Gebäck, das aus Eiweiß und Honig gemacht wurde; sie hatte einmal von diesem Gebäck gekostet, und den ganzen Tag über war ihr der Mund wie von Seife verkleistert vorgekommen. Wenn Pinuccio zu ihnen zum Essen kam, fand er immer etwas zu mäkeln, weil ihm nur die sizilianische Küche schmeckte, und dann fand er auch an ihrer Kleidung etwas zu mäkeln und an ihrem Gang, wehe, wenn sie auch nur ein klein wenig mit dem Po wackelte, und wehe, wenn er sie mit geschminkten Lippen antraf, er brachte es fertig, sie zu ohrfeigen. Er war sehr eifersüchtig; er war eben nur an seine Schwestern gewöhnt, die nie allein ausgingen und mit so viel Meer vor der Tür niemals badeten, die hatten nicht einmal einen Badeanzug; Barbara hatte einen einteiligen Badeanzug, einen ganz braven, nur der Rücken war ein klein bißchen ausgeschnitten, und doch zankten sie sich, wenn sie mit Pinuccio ins Freibad ging, ständig wegen dieses Badeanzugs. Wenn er sie dabei ertappte, wie sie mit einem jungen Mann lachte oder scherzte, wurde er zum Tiger.

Er machte ihr das Leben schwer, aber sie hatte ihn gern und schluckte alles still hinunter, weil sie ihn so liebte. Oftmals lag sie nachts wach und dachte sich einen ganzen Brief aus, den sie Pinuccio schicken und in dem sie ihm sagen wollte, daß sie sich nie mehr wiedersehen durften. Ihre Mutter knipste dann die Lampe an und sah sie mit weit geöffneten Augen daliegen; sie ängstigte sich, stand auf und machte ihr Kamillentee, und sie sagte, sie solle diesen Pinuccio nur laufenlassen, sonst ruiniere sie sich noch ihre Gesundheit; doch auch ihre Mutter hatte Pinuccio sehr gern und sagte immer, so einer sei wirklich nicht leicht zu finden, solide, anhänglich, reich und sogar schön: Und Schönheit, so sagte ihre Mutter, ist bei einem Ehemann ein kostbares Gut. Sie blieben dann wach und schwatzten bis zum Morgen, sie und ihre Mutter, und aßen die Likörpralinen, die Pinuccio als Geschenk mitgebracht hatte, und am Ende tröstete ihre Mutter sie, vielleicht würde sich Pinuccio mit der Zeit ändern, vielleicht würde sich sein Tick geben, und er würde sich entschließen, nicht nach Sizilien zurückzugehen.

Sie rannte dann in die Schule, ohne auch nur ihren Milchkaffee zu trinken, denn inzwischen war es spät geworden: In der Klasse war sie ganz müde und betäubt, weil sie kaum geschlafen hatte, und wenn sie gefragt wurde, bekam sie immer eine Sechs, so betäubt war sie; sie wollte sich gern einbilden, daß ihr das nichts ausmache, weil sie doch bald heiraten und das Lernen sein lassen würde, aber trotzdem schämte sie sich sehr, und sie verließ die Klasse unter Tränen; an der Schultür aber erwartete sie Pinuccio, der so hübsch aussah in seinem Kamelhaarmantel, er tröstete sie, und sie gingen in den Park; und sie vergaß allmählich alles, die schlechten Noten, die sie bekommen hatte, und ihre Trübsal, weil sie vielleicht nach Sizilien verschlagen wurde; wenn er guter Laune war, schien er nicht mehr derselbe Pinuccio zu sein, der sie schon ein paarmal, so weiß im Gesicht, daß einem angst wurde, am Jackenaufschlag gepackt hatte, bloß wegen irgendeines blöden Bengels, der ihr im Vorbeigehen ein Ciao zugerufen hatte.

Während sie redete, spielte Barbara mit ihrem Pferdeschwanz, sie hatte ihn nach vorn auf die Brust gezogen und kämmte ihn mit den Fingern; und ab und zu reckte sie den Hals und betrachtete sich im Kommodenspiegel und betastete die Pusteln, die sie auf dem Kinn hatte, leider machten ihr die Likörpralinen diese Pusteln; leider schadeten ihr alle guten und leckeren Sachen, jetzt mußte sie im Hinblick auf den berühmten Ball für ein paar Tage von den Pralinen lassen, damit sie sich mit sauberem Teint zeigen konnte. Sie sagte zu Giulia, sie beneide sie um ihren Teint, wie mache sie es nur, derart glatte Wangen zu haben; zu Giulias Teint, sagte sie, würden ihre roten Haare prächtig passen, und sie näherte sich Giulia, legte ihr den Arm um die Taille und den Pferdeschwanz an Giulias Wange: So betrachteten sie sich zusammen im Spiegel. Aber sie hatte ihren roten Pelz schon lange satt, in der Klasse wurde sie Rotschopf gerufen.

Als wir in den Salon zurückkehrten, duzte sich die Signora Fontana mit meiner Mutter; sie hatten sich eine Menge erzählt, von allem ein bißchen, und beschlossen, diese Bildergalerie, wie sie sich meine Mutter ausgedacht hatte, zusammen zu gründen: Es würde etwas Großes, etwas Wunderschönes, ein geistiges Zentrum in dieser Stadt sein, die gebildeten Menschen so wenig zu bieten hatte. Sie saßen auf dem Diwan wie alte Freundinnen und hatten einen Aschenbecher voller Kippen und Mandarinenschalen neben sich, und meine Mutter hielt den Kater Menelaos auf dem Schoß, und als wir eintraten, erklärte sie uns sogleich, Katzen seien viel besser als Hunde; Giulias Hündchen hatte sie schon längst über. Als die Signora Fontana meine Schwester, mich und Barbara zusammen hereinkommen sah, rief sie aus, sie wolle uns drei als Gruppe porträtieren; und meine Mutter sagte, da müsse ich mir aber ein anständiges Kleid anziehen, dieser Rennfahrerpullover war ihr schon längst über: Ich sah aus wie eine sowjetische Arbeiterin. Die Signora Fontana hingegen lobte den Rennfahrerpullover; Scilla, so nannte sie jetzt meine Mutter, Scilla sagte, auch Barbara müsse, wenn wir ihr für das Bild Modell säßen, einen Pullover anziehen, und wir würden uns dort auf den Diwan setzen, in der Fensterecke; einen Teller mit Mandarinen auf der einen Seite, den Kater Menelaos auf der anderen; wir sollten unbedingt am folgenden Tag zur Sitzprobe kommen. Ich murmelte, ich hätte keine Zeit, ich müsse studieren; aber meine Mutter erklärte, während sie mich in den Flur schob, ich würde schon ein Stündchen für die Probe übrig haben. Wir blieben noch ein Weilchen im Flur stehen, meine Mutter hatte Scilla gebeten, ihr ein paar Romane zu leihen; Scilla zog aus einem kleinen Regal mehrere Bücher hervor, es waren alte Bücher von ihrem Mann, denn sie selber las nicht: Sie las so gern, aber sie wollte sich ihre Augen für das Malen aufsparen; zuweilen las ihr die Tochter etwas laut vor. Scilla und ihre Tochter hielten sich um die Taille gefaßt und küßten sich ab, sie vermischten die heufarbene Mähne und den roten Schopf, sie riefen sich mit Kosenamen, *Bijou* und *Froufrou*; aber plötzlich kreischte das Dienstmädchen Settimia aus der Küche, die Suppe sei fertig; das Dienstmädchen Settimia nannte ihre Herrin Scilla und redete sie mit Du an. Scilla flüsterte meiner Mutter zu, sie bringe es einfach nicht fertig, sich mit Sie anreden zu lassen, und außerdem hatte diese Settimia sie schon als Amme versorgt und lebte bei ihnen seit unzähligen Jahren. Meine Mutter klemmte sich die ausgeliehenen Bücher unter den Arm, ohne auch nur hineinzuschauen, was es war, denn inzwischen war es spät geworden, und wir gingen rasch die Treppe hinab. An der Haustür stießen wir auf einen bleichen Jüngling mit langem schwarzem Haar, im Kamelhaarmantel: Das war gewiß Pinuccio, denn er wurde oben erwartet.

In der Straßenbahn, die uns nach Hause brachte, las sich meine Mutter die Haare des Katers Menelaos vom Rock. Sie warf einen Blick in die ausgeliehenen Bücher und war ein bißchen verärgert: Es waren *Die drei Musketiere:* Etwas für Kinder, etwas für die kleine Costanza. Scilla hatte sich bestimmt geirrt: Sie hatte sich ein paar moderne Romane ausgebeten. Wahrscheinlich sah die arme Scilla schlecht; darum malte sie auch in dieser Weise, lauter Gitterfenster und Gitterstangen. Wer weiß, bestimmt würden bei dem Porträt, das sie von uns machen wollte, von uns und den Mandarinen und dem Kater, auch nur Gitterstangen herauskommen.

In der Straßenbahn saß ich Giulia gegenüber und bemerkte, daß ihre Wangen Farbe bekommen hatten und daß ein ungewohnter Ausdruck von Freude in ihrem schüchternen Lächeln lag; auch meine Mutter bemerkte es, und als wir heimkamen, sagte sie zu Chaim, er solle nur einmal schauen, wie hübsch Giulia heute abend aussähe, bloß weil sie sich hatte überreden lassen, ein bißchen auszugehen und sich zu zerstreuen; sie müsse doch von Zeit zu Zeit einmal Menschen zu Gesicht bekommen, sagte meine Mutter, sonst platze sie vor Langeweile, und Langeweile schade der Leber. Sie erzählte Chaim ausführlich von dem Nachmittag, den wir verbracht hatten, ein schöner Nachmittag in Gesellschaft angenehmer Menschen; und sie erzählte von der Signora Scilla, die überall ein bißchen gearbeitet hatte, alle möglichen Leute hatte sie kennengelernt und war sogar in einem *Kinderheim* gewesen. Aber Chaim schien nicht allzu begeistert, daß Giulia am nächsten Tag erneut dorthin gehen sollte, es war sehr weit, und er fürchtete, es könne sie zu sehr anstrengen, und außerdem strengt Modellsitzen überhaupt an. Da ärgerte sich meine Mutter gleich und sagte zu Chaim, er kapiere überhaupt nichts, er tauge als Arzt nur für seine Stiefel; und sie pflanzte sich in eine Ecke des Diwans, setzte die Brille auf und begann, *Die Drei Musketiere* zu lesen, weil sie sie nie gelesen hatte und weil sie nichts Besseres zur Hand hatte.

Am folgenden Tag fühlte sich Giulia nicht wohl und blieb den ganzen Tag im Bett; so gingen meine Mutter und ich allein zu Scilla. Meine Mutter war sehr ungehalten, weil Giulia zu Hause geblieben war, und sie sagte, Giulia gehe es bestimmt ausgezeichnet, Chaim habe ihr nur nicht erlaubt auszugehen. Ausgezeichnet ging es ihr, es war alles eine Nervensache; seitdem sie verheiratet war, wirkte Giulia schläfriger und niedergeschlagener denn je, früher hatte sie sich wenigstens ein bißchen für Kleider interessiert, hatte mal ein Modemagazin durchgeblättert, aber jetzt kümmerte sie auch das nicht mehr. Wer weiß, vielleicht würde sie munterer, wenn erst einmal das Kind da war. Ob sie sich vertrugen, Giulia und Chaim? Wer konnte das wissen? Was das Zanken anging, sie zankten sich nie, zumindest nicht in Gegenwart anderer; manchmal streckte Chaim die Hand aus, um Giulia über das Haar zu streichen, und sie zog den Kopf weg; und dann krümmte sich der Doktor zusammen und betastete seine Krawatte mit zuckenden Schultern. Sonntags setzte er sich manchmal neben sie und wollte ihr wie früher Gedichte von Hofmannsthal vorlesen, aber Giulia sagte, er solle nicht lesen, sie habe keine Lust zuzuhören; und sie sagte ihm, er solle sich weiter weg setzen, weil ihr der Geruch seiner Zigaretten lästig fiel. Meine Mutter sagte, mit einem anderen Mann, der nicht so alt und nicht so traurig wäre, würde Giulia anders sein; Chaim war einer, der an nichts mehr glaubte, er hatte zuviel Leid erlebt. Einst, in jüngeren Jahren, war er Kommunist gewesen, jetzt war er kein Kommunist mehr, jetzt war er überhaupt nichts mehr; meine Mutter verabscheute die Kommunisten, und doch hätte sie es beinahe ein bißchen vorgezogen, wenn Chaim noch Kommunist gewesen wäre, und oft schrie sie ihn an, die Kommunisten hätten wenigstens Ideen für die Zukunft, aber was hatte er für Ideen, er hatte gar keine Ideen. Er glaubte nicht einmal an seinen Beruf; ob die Leute starben oder geheilt wurden, war ihm ganz egal, weil das Leben, wie er sagte, nichts Schönes hatte; und selbstverständlich könne er mit einer solchen Auffassung nicht viele Patienten gewinnen, denn seine ganze Person ströme Zweifel und Trostlosigkeit aus. Bestimmt brächten ihm die Patienten keine Achtung entgegen; und er habe für alle nur sein mildes, bitteres und trübes Lächeln und entblöße dabei seine kaputten Zähne, die Zähne waren ihm einst in Polen bei einer antisemitischen Demonstration eingeschlagen worden.

Scilla begann sogleich mit dem Porträt von mir und Barbara; Barbara hatte einen Pullover übergezogen, den sie sich zum Skifahren angeschafft hatte: einen fahnengrünen Pullover mit hohem Rollkragen. Wir setzten uns mit dem Kater auf den Diwan, aber der Kater riß nach einiger Zeit aus; der Teller mit den Mandarinen fehlte, weil Barbara alle Mandarinen zu Mittag aufgegessen hatte, und das Dienstmädchen Settimia wollte nichts davon wissen, hinunterzugehen und neue Mandarinen zu kaufen. Scilla hatte sich zum Malen eine lange, farbenbekleckste Schürze umgebunden; und während sie malte, schimpfte sie, zu meiner Mutter gewandt, über das Dienstmädchen Settimia, sie war langsam wie eine Schnecke, und man mußte eine Stunde mit ihr herumzanken, damit sie zwei Treppen ging; sie hätte sehr gern ein etwas jüngeres Dienstmädchen gehabt. Aber meine Mutter sagte, sie solle sich nur vor den jungen Dienstmädchen hüten, unsere Carmela zum Beispiel schlug alles, was sie anfaßte, in Scherben.

Im Handumdrehen war das Bild fix und fertig: Es sah genau so aus, wie meine Mutter erwartet hatte, längliche blauschwarze Köpfe, einer mit einem Haarwust, der andere mit einem flammenden Federbusch; kreuzförmige Augen, ein gitterförmiger Mund. Aber Scilla war sehr zufrieden; sie fand, daß darin die Essenz des modernen Lebens zum Ausdruck kam, kühne, vorurteilslose Mädchen, Mädchen ohne Schnörkel und Getue, dazu geschaffen, an der Seite des Mannes zu kämpfen; und sie befestigte ein Kärtchen mit der Aufschrift »Mädchen im Pullover« an dem Bild; diesen Namen würde das Bild im Katalog der demnächst stattfindenden Ausstellung tragen, es würde ihre erste eigene Ausstellung sein, und sie würde in der Bildergalerie meiner Mutter stattfinden. Meine Mutter bemerkte nur, meine Augen seien nicht allzu gelungen: Das einzige, was ich besaß, waren meine Augen, die sehr ausdrucksvoll und lebhaft waren, und wenn man mir das nahm, dann blieb mir ja gar nichts mehr. Als ich gerade gehen wollte, erschien Gilberto, Scillas Exgatte: ein noch ziemlich junger, aber ganz kahlköpfiger Mann mit langem Mongolenschnurrbart und einem an den Ärmelaufschlägen abgewetzten Mantel; er behielt den Mantel an, als er sich niedersetzte, weil er fand, in diesem Hause herrsche eine Hundekälte, und er sagte zu dem Dienstmädchen Settimia, sie solle ihm einen Kognak bringen. Das Dienstmädchen Settimia redete auch Gilberto mit Du an und behandelte ihn sehr abfällig, sie sagte zu ihm, wenn es kalt bei ihnen sei, wozu käme er dann; sie erklärte sich bereit, ihm ein kleines Gläschen Kognak einzuschenken, und bot auch uns welchen an, wir lehnten jedoch ab, und da brachte sie die Flasche gleich wieder weg, sonst soff ihr der da, sagte sie, alles aus. In der Küche schimpfte und fluchte sie immer noch weiter, und meine

Mutter war peinlich berührt, aber Scilla sagte, sie solle nicht darauf achtgeben, Settimia, die Ärmste, habe den Kopf nicht mehr beisammen: Settimia rede bereits dummes Zeug. Gilberto schleuderte ein Kissen in Richtung Küche, und er fragte Scilla, worauf sie eigentlich noch warte, um sich endlich dieser alten Schrulle zu entledigen. Scilla erwiderte, diese alte Schrulle habe sie immerhin als Kind auf dem Schoß gehabt. Dann betrachtete Gilberto das Bild, wobei er sich über den Schnurrbart strich, und schließlich murmelte er etwas in sich hinein, das sowohl ja als auch nein heißen konnte. Barbara hatte sich über die Rückenlehne seines Sessels gebeugt und umschmeichelte ihn mit Liebkosungen, Papilein, mein Papilein; und er hob hin und wieder seine mit einem Amethystring geschmückte Hand und versetzte dem Pferdeschwanz einen Schlenker.

Ich ging weg und ließ meine Mutter dort zurück, sie drang in mich, ich solle noch ein bißchen warten, aber es war spät, und ich mußte mich beeilen, ich hatte am anderen Ende der Stadt eine Stunde zu geben. Während dieser ganzen Stunde, einer Nachhilfestunde in Latein für einen lustlosen Knaben, dachte ich an jene Leute, unter die meine Mutter geraten war, und ich empfand ein vages Unbehagen, als sei dort etwas Verdächtiges verborgen, aber ich hätte dieses Empfinden weder definieren noch erklären können.

Als ich nach Hause kam, traf ich meine Freundin an, die uns in der kleinen Küche etwas zum Abendbrot zubereitete, wir aßen zusammen am Fenster, lehnten uns auf das Fensterbrett und schauten auf den kleinen Platz hinab, wo die Männer in der Osteria ein und aus gingen, im Kreis unter den Straßenlaternen stehenblieben, vor Kälte mit den Füßen scharrten und trampelten und aus Spaß den dünnen Strahl des Brünnleins an der Ecke aufspritzen ließen; wir liebten diesen kleinen Platz mit seinem Brunnen, den Straßenlaternen und der Neonreklame der Osteria und mit dem Bronzedenkmal in der Mitte, dessen Sockel unter dem Schnee begraben war. Mir erschienen dieser kleine Platz und unsere kleine Küche und unser Zimmer mit den Büchern und dem Tisch, an dem ich abends studierte, als ein sicherer Hafen, in den ich zurückkehrte, um Ruhe und Trost zu finden. In einigen Monaten würde meine Freundin heiraten, und ich würde allein in diesem Zimmer zurückbleiben, abends würde ich immer allein dasitzen und mit dem Rotstift am Rand der Lehrbücher anstreichen, was ich mir merken mußte; und ich würde mich sehr allein und traurig fühlen ohne das strenge Gesicht meiner Freundin, die neben mir las und rauchte und mit einem kurzen Ruck ihrer breiten und kräftigen Hand, die ich so gern hatte, die Asche von den Seiten schnippte. Meine Freundin war für mich eine große Stütze, und ich litt bei dem Gedanken, daß ich diese Stütze teilweise verlieren sollte, denn wenn sie verheiratet wäre, würden wir uns nicht mehr sehr oft sehen können; und ich sagte ihr das, aber sie lachte darüber und legte ihre warme, feste Hand auf die meine und antwortete, sie habe ganz im Gegenteil vor, mich oft zu besuchen und zum Abendessen nach Hause einzuladen, wo sie ein elektrisches Gerät haben würde, um Fruchtshakes zu mixen. Wir würden jederzeit köstliche Shakes aus allen möglichen Früchten trinken; dieses Gerät wollten ihr irgendwelche Verwandten zur Hochzeit schenken, und es war ein wunderschönes Gerät, so eines, wie man es in den Bars sieht. So brach unser Gespräch sogleich bei diesem Fruchtmixgerät ab, denn meine Freundin mochte keine traurigen und rührseligen Gespräche und lenkte sie stets rasch auf einen soliden und konkreten Gegenstand. Mir war dieser Zug ihres Charakters wohlvertraut, und ich war es gewohnt, daß ich abgelenkt, von ihrer gebieterischen Hand gleichsam anderswohin geführt wurde, wenn ich mich in schmachtend-melancholischen Vorstellungen verlor. Während wir uns auskleideten, um schlafen zu gehen, sagte meine Freundin, übrigens solle auch ich allmählich ans Heiraten denken; ich antwortete ihr, ich würde gewiß auch gern heiraten, hätte aber das dunkle Gefühl, ich würde das nie erleben. Sie sagte, ich solle mich nicht solch dunklen Gefühlen hingeben; das seien nur leere Wahnvorstellungen, die die Seele mit schädlichem Dunst füllten.

Später erfuhr ich, daß meine Mutter an jenem Abend das Bild hatte mit nach Hause nehmen müssen. Scilla hatte es ihr geschenkt und unbedingt darauf bestanden, daß sie es sogleich mit nach Hause nahm; sie hatte es eingerahmt und eingewickelt und ihr unter den Arm geklemmt, und meine Mutter hatte mächtig geschwitzt, als sie das Bild zur Straßenbahn schleppte. So blickten die Mädchen im Pullover jetzt von der Wand des Eßzimmers herab; mit ihren kreuzförmigen Augen blickten sie Chaim über die Schulter.

Wir begannen also, mit der Signora Fontana und ihrer Tochter zu verkehren; und selbst Carmela erhielt die Auflage, Sonntag nachmittags zu der alten Settimia zu gehen, da Carmela Sonntag nachmittags ohnehin nie wußte, wo sie hingehen sollte: Dann lehnte sie nur sauertöpfisch aus dem Küchenfenster, rieb sich die Ellbogen und zupfte sich die Ärmel ihres Pullovers über die Handgelenke. Meine Mutter meinte, Settimia könne Carmela ein paar gute Kochrezepte beibringen, und darum mußte Carmela meine Mutter in die Via Tripoli begleiten und mit Settimia auf den Wegen zwischen den Wiesen auf und ab spazieren. Aber von diesen Spaziergängen auf den Wiesenwegen kehrte sie noch verstörter und sauertöpfischer zurück, das Viertel gefiel ihr nicht, es war noch häßlicher und verlassener als bei ihr zu Hause in Dronero, es war ja schon richtig auf dem Lande; und vom Kochen verstand die alte Settimia auch nichts. Carmela erzählte weiter, Settimia habe ihr gesagt, sie sei gar nicht das Dienstmädchen, sondern eine verarmte nahe Verwandte der Signora, und die Signora gebe sie nur als Dienstmädchen aus, sonst dächten die Leute, sie habe kein Dienstmädchen. Meine Mutter sagte, diese Settimia sei verrückt und man könne kein Wort von dem glauben, was sie erzählte; und da fragte Carmela, warum meine Mutter sie dann sonntags zu einer Verrückten schicke, wenn sie sich schon mit Verrückten abgeben solle, dann könne sie genausogut bei ihrem verrückten Vater bleiben. Settimia ging so langsam, daß sie bei ihrem Spaziergang in den Wiesen froren, weil in jener Gegend so ein scharfer Wind wehte; und Settimia war komisch angezogen, das Mäntelchen ganz besetzt mit kleinen Perlen, komisch wie eine Hexe, die Kinder warfen ihr Schneebälle hinterher. Dennoch kam sie ihr gar nicht so verrückt vor, vielleicht war sie ein bißchen verdreht, aber richtig verrückt war sie nicht. Im übrigen aber kamen Carmela und Settimia nicht oft zusammen, weil Settimia schon bald aus dem Haus Fontana verschwunden war; Scilla erklärte meiner Mutter, sie habe sie mit einem tüchtigen Stück Geld in ihr Dorf zurückgeschickt, sie war so verrückt und so alt und brachte nichts Gescheites mehr zuwege. Scilla besorgte jetzt den Haushalt allein, sie trug dabei Gummihandschuhe, um sich nicht die Hände zu verderben; und sie sagte, es mache ihr Spaß, im Haus herumzuwirtschaften, in der Küche zu brutzeln und merkwürdige Rezepte auszuprobieren. Von Dienstmädchen wollte sie vorläufig nichts wissen, sowieso sind ja Dienstmädchen alle von einem Schlag, sie bringen einen in Wut und kosten einen Haufen Geld; später würde sie vielleicht einen Diener anstellen, denn ihre Freundinnen hatten ihr gesagt, ein Mann mache sich viel mehr bezahlt. Meine Mutter fragte, ob sie und Barbara sich nachts nicht ängstigen würden, allein mit diesem Diener, und Scilla antwortete, ihre Freundinnen würden ihr einen absolut vertrauenswürdigen Mann schicken, einen Verwandten ihres Chauffeurs; selbstverständlich setzten sie ihr nicht irgendeinen Unbekannten ins Haus. Aber meine Mutter pflichtete ihr in der Sache mit dem Diener nicht bei, auch wenn er noch so vertrauenswürdig sei, ein Mann bleibt immer ein Mann und kann plötzlich auf dumme Gedanken kommen. Und dann hatte Scilla ja keine Ahnung, was so ein Mann ißt; er ißt nicht wie eine Frau, der man ein Tellerchen Suppe hinstellt, und sie ist's zufrieden. Meine Mutter sagte zu Scilla, ihre Freundinnen hätten ihr da eine Dummheit in den Kopf gesetzt; sie dagegen hätte an ihre Cousine Teresa nach Dronero schreiben können, sie solle ihr ein tüchtiges Mädchen vom Lande schicken. Meine Mutter war ein wenig eifersüchtig auf Scillas Freundinnen, von denen sie immer reden hörte; insgeheim hoffte sie, daß Scilla sie eines Tages mit ihnen zusammenbringen würde; es waren vornehme Damen mit Auto, und sie luden Scilla ab und zu auf ihr Landgut ein paar Kilometer vor der Stadt ein. Von diesen Ausflügen kehrte Scilla immer mit verdorbenem Magen zurück, weil sie ihr soviel Essen aufgetischt hatten, und sie mußte dann strenge Diät halten, aß nur gekochte Zichorie und durchgeseihte gedünstete Pflaumen.

An den Tagen, wenn Scilla auswärts bei ihren Freundinnen war, wußte meine Mutter nicht, was sie anstellen sollte; sie hatte sich nun angewöhnt, Scilla jeden Nachmittag zu besuchen, und an den Tagen, an denen sie allein im Café hockte und ihr Halbgefrorenes mit Sahne aß, fragte sich meine Mutter verwirrt, weshalb Scilla immer von einem baldigen Zusammentreffen mit jenen anderen Freundinnen redete und sich dennoch nie dazu aufraffte, etwas zu vereinbaren; und sie fragte sich, ob Scilla nicht vielleicht ein bißchen versponnen und untüchtig sei; zum Beispiel machte sie immer große Sprüche von der Bildergalerie, in die sie ihre Freundinnen und alle ihre Bekannten führen wollte und wo abwechselnd sie und meine Mutter kleine Gesprächsrunden über die verschiedensten Themen, vielleicht auch über Frauenemanzipation, abhalten würden; aber von den vielen Räumlichkeiten, die sie und meine Mutter zusammen besichtigt hatten, hatte ihr nicht eine zugesagt. Was das Geld für die Miete anging, so erklärte Scilla, darüber brauchten sie sich keine Sorgen zu machen; sie hatte ja ihre reichen Freundinnen, die ihr ohne weiteres die notwendige Summe zur Verfügung stellen würden, meine Mutter aber dachte, vorher sollte Scilla sie erst mal schleunigst mit jenen Freundinnen bekannt machen.

In diesen Tagen ging meine Mutter aus Verzweiflung sogar einmal in den Laden ihrer Schwestern, sie stöberte zwischen den Porzellanwaren umher, setzte sich für einen Augenblick ins Hinterstübchen, um eine Zigarette zu rauchen, und wies den Laufjungen an, ihr ein paar alte Packkisten und ein bißchen Stroh nach Hause zu bringen, mit denen Carmela die Warmwasserheizung anzünden konnte; ihre Schwestern waren jetzt, da sie sie seltener zu Gesicht bekamen, sehr viel netter zu ihr, sie schenkten ihr sogar ein paar Rollen Schnur, die sie als Wäscheleine benutzen konnte, und holten aus einem Schränkchen eine Flasche Marsala hervor und schenkten ihr ein halbes Glas ein. Meine Mutter murrte, daß sie nicht einmal Kekse dazu hätten, ohne Keks wurde ihr von dem Marsala schwindlig.

Eines Tages bemerkte meine Mutter, als sie zu Scilla kam, auf dem Diwan einen jener Regenschirme, die, zusammengeschoben, so klein sind, daß sie in eine Damenhandtasche hineinpassen; Scilla erklärte, der Schirm gehöre Valeria, einer der Freundinnen mit dem Landgut; sie war erst vor kurzem weggegangen und hatte den Schirm vergessen. Meine Mutter schnupperte in der Luft, in der ein starker Parfümgeruch hing; *Cœur de lilas*, sagte Scilla; Valeria war vor kaum zehn Minuten gegangen, hatte meine Mutter sie nicht zufällig auf der Straße getroffen, eine schöne, großgewachsene Frau mit Biberpelz? Nein, sagte meine Mutter, sie hatte sie nicht getroffen, und was den Biberpelz anging, so würde sie, hätte sie die

Mittel dazu, sich aber einen ganz anderen Pelz zulegen als ausgerechnet Biber, den man überall sehen konnte. Aber den Biberpelz, entgegnete Scilla, trug Valeria nur bei schlechtem Wetter, es war ihr Pelz für Regentage. Sie wollte meiner Mutter vorführen, wie hübsch der Schirm war, und spannte ihn auf: Aber meine Mutter sagte, sie solle ihn sofort wieder schließen, denn einen Schirm im Hause aufzuspannen, bringe Unglück.

Scilla redete immer weiter davon, wie schade es sei, daß meine Mutter zu spät gekommen war, sie hätte sich so gefreut, wenn sie Valeria einmal zu Gesicht bekommen hätte, sie war sehr neugierig, zu hören, welchen Eindruck sie auf meine Mutter machen würde; ein prägnantes Gesicht, sagte sie, ein originelles Gesicht: vorspringende Kinnlade, Adlernase; sie betastete ihre Kinnlade und schob sie vor, um zu zeigen, wie weit sie bei Valeria vorsprang; und meine Mutter, die auf dem Sofa saß und an dem Schirm herumspielte, bemerkte, wenn sie wirklich solchen Wert darauf legte, ihr diese Valeria vorzuführen, dann hätte sie ja nur anzurufen brauchen, damit sie ein bißchen früher käme; denn meine Mutter hatte seit einiger Zeit Telefon, sie hatte es sich Chaims wegen zulegen müssen. Scilla erwiderte, ans Anrufen habe sie nicht gedacht, sie hatte übrigens kein Telefon, um anzurufen, mußte sie hinab in den Bäckerladen gehen; sie legte sich kein Telefon zu, ja sie hütete sich sehr wohl davor, dies zu tun, sonst würde es andauernd bei ihr klingeln, wo sie so viele Leute kannte, und sie hätte keine Ruhe mehr. Aber meine Mutter sagte, sie könne es sich nicht erklären, warum sie alle diese Freundinnen, die zu haben sie behauptete, Valeria und die anderen, nicht einmal mit ihr zusammenbrächte; seltsam, sagte meine Mutter, unbegreiflich; und wo waren denn diese vielen Bekannten, sie und Scilla waren ja zusammen in Cafés und Kinos gewesen, und kein Schwein hatte Scilla je gegrüßt. Scilla erwiderte, ihre Bekannten gingen selten zu Fuß, es waren alles

Leute mit Autos, und sie verkehrten nur in den elegantesten Cafés, wo eine Tasse Schokolade fünfhundert Lire koste, nicht in jenen lausigen kleinen Cafés, in die sie beide gingen. Meine Mutter sagte, sie habe sich in diesen lausigen kleinen Cafés immer wohl gefühlt; und sie hatte nicht so viel Geld zum Ausgeben, zumal sie meistens die Zeche zahlen mußte, weil Scilla entweder ihr Handtäschchen zu Hause vergaß oder gerade in dem Augenblick, wenn es ans Bezahlen ging, in der Toilette verschwand. Meine Mutter spürte, wie ihr vor Zorn auf einmal ganz heiß wurde, ihr der Schweiß ausbrach und ihr Hals sich mit roten Flecken bedeckte, und sie klapperte wütend mit der Halskette auf ihrer Brust; und plötzlich ergriff sie ihren Pelz und ging. Aber schon zwei Stock tiefer hatte Scilla sie eingeholt; sie hakte sich bei ihr unter, führte sie wieder nach oben, küßte sie auf die Wangen, nötigte sie auf den Diwan und bat sie, sie nicht allein zu lassen, denn sie war traurig und hatte eine Menge Schwierigkeiten.

Meine Mutter blieb bis zum späten Abend da, um sich Scillas Sorgen anzuhören; Scilla hatte wenig Geld, sie besaß nur ein kleines Aktienkapital, und das zehrte sie Tag für Tag allmählich auf; sie hatte zwar ihre Arbeit als Modellzeichnerin für Schneiderwerkstätten, aber es war keine sehr einträgliche Arbeit, und oft war Sauregurkenzeit; im Augenblick zum Beispiel hatte sie gar nichts zu tun. Und außerdem hatte sie einen schlechten Charakter, ein hochmütiges und ungezogenes Wesen, und einige Schneidereien hatten ihr keine Arbeit mehr gegeben, weil sie auf gewisse dumme Bemerkungen gereizt geantwortet hatte; sie hätte auf eigene Rechnung arbeiten müssen; ihr Traum war es, eine eigene kleine Schneiderei zu besitzen, oder, besser noch, nicht eine Schneiderei, sondern eine jener kleinen Boutiquen für Damen, wo Kleider nach Maß gearbeitet und elegante Schuhe, modische Uhren, sportliche Hosen, Handschuhe und Halstücher verkauft werden. Ihr würde es großen Spaß machen, sich eigenwillige

Modelle auszudenken und phantasievolle Modeartikel mit einem Schuß Extravaganz auszutüfteln; es wäre ein sicherer Erfolg, das fühlte sie; und mit Valeria hatte sie, an ebendiesem Tag darüber gesprochen und sie gefragt, ob sie ihr ein Darlehen geben würde, wenigstens für den Anfang; denn sie hatte ihr kleines Kapital, aber das wollte sie nicht anrühren. Valeria hatte ihr ein Darlehen versprochen, aber sie brauchte die Zustimmung ihres Mannes, und der Mann war ein unsympathischer Kerl, der am Geld hing; er war so geizig, daß er, wenn der Diener die Winterkleider weghängte, von seiner Frau verlangte, sie solle die Mottenkugeln abzählen. Wer weiß, ob er darum jenem Darlehen zustimmen würde: Scilla befürchtete sehr, er könne nein sagen. Aus diesem Grund hatte sie mit Valeria noch nicht von der Bildergalerie sprechen mögen: Sie wollte sie nicht von dem Ladenprojekt ablenken. Die Idee einer Bildergalerie war sicherlich wunderschön, schade nur, daß sie nicht viel einbringen konnte, und sie mußte doch schnell zu ein bißchen Geld kommen; und außerdem mußte sie ihre Kräfte für eine solide Sache verbrauchen, ein Unternehmen aufblühen sehen, das ihr rasch eine gewisse Befriedigung bringen würde. Die Bildergalerie war ein langwieriges und heikles Unternehmen, voller Risiken und Ungewißheiten; außerdem fühlte sie sich zur Zeit der Kunst etwas entfremdet, sie verspürte Lust auf unmittelbare und greifbare materielle Ergebnisse; zur Zeit malte sie gar nicht so gern, sie nahm Palette und Pinsel und zog ein paar farbige Striche auf der Leinwand, und sofort bekam sie Nackenschmerzen, und ihr Blick trübte sich; vielleicht litt sie auch ein wenig unter nervöser Erschöpfung. Dagegen grübelte sie den ganzen Tag über diese Modeboutique nach. Sie würde später mit neuer Kraft zur Malerei zurückkehren, später, wenn Barbara verheiratet wäre und sie weniger Sorgen hätte. Jetzt rückte Barbaras Hochzeit näher, sie mußte daran denken, ihr eine kleine Aussteuer zu beschaffen, denn sie konnte sie ja nicht nackt und bloß nach jenem Kastell auf Sizilien schicken, unter all diese alten Jungfern, ihre Schwägerinnen, die sie bereits verabscheuten, bevor sie sie kennengelernt hatten; sie mußte schon eine gute Aussteuer bekommen, sonst hieß es, Pinuccio habe sich eine Hungerleiderin zur Frau genommen. Gilberto, der Ärmste, hatte sich erboten, seinen Amethystring zu verkaufen, den er immer am Finger trug, weil es eine teure Erinnerung war; aber Gilberto hatte ja gar keine Ahnung, was eine Aussteuer kostet, und wußte nicht, daß sein Ring nicht viel wert war. Gilberto steckte zur Zeit leider auch in großen Schwierigkeiten, seine Geschäfte liefen gar nicht gut; er schuldete ihr nach dem Gesetz eine monatliche Unterhaltszahlung, aber seit einigen Monaten steckte er in solchen Schwierigkeiten, daß er ihr inzwischen überhaupt nichts mehr schickte, und sie hatte nicht das Herz, ihn zu verklagen; Gilberto war ein kränklicher Mann, er litt unter einem Magengeschwür und durfte sich nicht aufregen.

Da sagte meine Mutter, daß sie, was die Boutique betraf, nichts dagegen hätte, sich diesem Unternehmen anzuschließen. Sie hätte durchaus nichts dagegen, ihre Teilhaberin zu werden. Hinsichtlich der Modelle und der Anfertigung von Kleidern würde sie sich nicht einmischen, weil sie nicht genug davon verstand: Obwohl sie in Dronero ihren verschiedenen Nichten und Cousinen oft Ratschläge erteilt hatte, wenn diese in Modezeitschriften, insbesondere in *Vogue*, blätterten. Sie konnte jedoch die Geschäftsführung übernehmen und mit den Kunden verhandeln, darin lag ihre Stärke, und übrigens hatte sie das ja bereits im Porzellanwarenladen ihrer Schwestern getan: Schade nur, daß ihre Schwestern so beschränkte Vorstellungen hatten und sie nicht mit ihnen einig werden konnte.

Mit etwas atemloser und vor Rührung gebrochener Stimme erklärte sie Scilla, sie habe ein paar Italgasaktien auf der Bank und würde gern einen Betrag abheben, um ihn in dem Geschäft mit der Modeboutique anzulegen. Zwar hatte sie schon seit geraumer Zeit versprochen, eine ärztliche Praxis für Chaim, ihren Schwiegersohn, den Doktor Wesser, einzurichten; aber zuerst wolle sie doch an sich selbst denken, denn im Grunde konnte Chaim noch eine Zeitlang auf seinem Fahrrad mit Hilfsmotor herumfahren, um seine Patienten zu besuchen, und sie hatte kein großes Vertrauen in Chaims Zukunft; sicherlich lag es nicht daran, daß Chaim keine Praxis hatte, wenn er nicht Rechtes zuwege brachte. Sie wollte zunächst einmal an sich selbst denken, denn auch sie fühlte sich wie Scilla voller Energie, die sie einsetzen wollte, und sie hatte noch keine Lust, sich im Hause zu verkriechen, um Strümpfe zu stopfen und die Enkelchen zu wiegen; später, wenn das Geschäft florierte, konnte man an Chaims Praxis denken. Scilla nickte dazu mit ernster Miene und krauser Stirn und wühlte mit den Fingern in ihrer heufarbenen Mähne; und schließlich holte sie die Kognakflasche herbei, und sie und meine Mutter tranken auf ihr Unternehmen.

Dann vereinbarten sie, daß sie in den nächsten Tagen, sobald sich Valerias Mann geäußert hätte, zu dritt zusammentreffen wollten, Scilla, Valeria und meine Mutter: dann wollten sie dem Vorhaben eine konkrete Linie geben. Dabei dürften sie jedoch die Bildergalerie nicht vergessen, sagte Scilla: Es mußten Räume gewählt werden, die sich später leicht in eine Bildergalerie umwandeln ließen, große, helle Räume. Die Boutique würde eine vorläufige Sache sein, nur um rasch ein bißchen Geld zu machen und auch um das Augenmerk der Stadt auf sich zu lenken. Aber wie sollte die Boutique heißen? Meine Mutter und Scilla dachten lange darüber nach, und Scilla murmelte französische Worte vor sich hin: *coup de foudre, Fanfan la tulipe, rayon de bonheur;* aber meine Mutter war nicht einverstanden, einen französischen Namen zu wählen; Geschäfte dieser Art mit französischen Namen gab es so viele, daß noch für die Bettler welche übrig blieben. Dann begannen sie, die Tierkreiszeichen aufzuzählen: Widder, Waage, Steinbock; meine Mutter war unter dem Zeichen des Widders geboren, und der Name Widder hätte ihr keineswegs mißfallen; Scilla war unter dem Zeichen des Schützen geboren. Das war der Name, den sie wählen sollten, rief Scilla, Schütze; zwecklos noch weiter zu suchen, einen schöneren Namen konnten sie nicht finden. Und er eignete sich auch für die Bildergalerie, und so brauchten sie dann, wenn die Bilder an die Stelle der Schuhe und Handschuhe treten würden, nicht einmal den Namen zu ändern.

Dann begann Scilla wieder, von ihren Kümmernissen zu erzählen. Barbara machte ihr große Sorgen; sie hatte doch diesen fürchterlich eifersüchtigen Verlobten, und Scilla zitterte immer vor Angst, daß sie in Streit geraten und die Verlobung lösen könnten. Barbara war ganz und gar ihre Tochter, sie ähnelte ihr in jeder Hinsicht, sie hatte eine scharfe Zunge, ein kleiner Teufel. Wenn sie sah, daß der Verlobte eifersüchtig war, begann sie absichtlich, ihm zum Trotz, mit ihren Schulkameraden zu kokettieren; es war nichts weiter dran, ein bißchen Kleinmädchengetue, aber der Verlobte drohte sogleich, sich mit diesem und jenem zu duellieren und ein Blutbad anzurichten. Da war beispielsweise dieser Ball gewesen. Scilla war zwei Nächte aufgeblieben, um das Kleid zuzuschneiden und zu nähen, und es war etwas Entzückendes geworden, Barbara war entzückend mit all diesem Tüll, den frischen Röslein und ihrem offenen Haar; und auch Scilla hatte ganz annehmlich ausgesehen, in ihrem alten Lamé. Auf dem Ball also waren Pinuccios Verwandte aus Sizilien gewesen, ein Ehepaar: die Frau in Violett wie ein Bischof, der Mann in einem zu engen Frack, mit einem braunen, runzligen Bauernnacken und großen Haarbüscheln in Nase und Ohren: Leute, die aus einem Loch in der Nähe von Catania hervorgekrochen waren, unbedeutende, engstirnige Menschen. Also Pinuccio hatte Scilla und Barbara zu seinen Verwandten geführt und sie vorgestellt: Und die hatten nur eben zwei Finger hingereicht, mit Ach und Krach zwei Finger, und dann hatten sie sich abgewandt. Barbara hatte sich selbstverständlich geärgert; sie war ganz rot angelaufen und hatte nicht gewußt, wo sie hinblicken sollte; und auch Pinuccio war zutiefst gedemütigt gewesen, er stand zwischen Barbara und seinen Verwandten, zerknüllte sein Taschentuch und ließ seine Schuhe knarren; da hatte ihm Barbara den Rücken gekehrt, hatte ihren plissierten Rock angehoben und war allein davongegangen. Sogleich hatte sich ein Grüppchen junger Männer um sie geschart; und nun hatte Barbara getanzt und gelacht, herumgetollt und Champagner getrunken; und Pinuccios Verwandte hatten immer finsterer dreingeschaut, und Pinuccio hatte neben einem Vorhang gestanden und zu ihr hinübergestarrt, eine Zigarette nach der anderen geraucht und den Vorhang mit seinen verschwitzten Händen zerknittert; und Scilla war zu ihm getreten und hatte ihn gefragt, warum er nicht tanze, und er hatte ihr eine häßliche Antwort gegeben. Wenn sie an diese Antwort dachte, traten Scilla beinahe die Tränen in die Augen; sie waren allein von dem Ball weggegangen, weil sie zum Zeitpunkt des Aufbruchs Pinuccio nicht mehr finden konnten, und Scilla hatte aus Sparsamkeit kein Taxi nehmen wollen. Aber der Marchese Petrocchi hatte sie beobachtet, wie sie allein zu Fuß davonzogen, er hatte sie mit seinem Auto eingeholt und einsteigen lassen; der Marchese hatte den ganzen Abend mit Barbara getanzt und trug eines ihrer Röslein im Knopfloch. Vor der Haustür war dann Pinuccio, er saß in den Fond eines Taxis gedrückt, da hatte er sie erwartet, und wer weiß, wie lange er schon wartete, und wer weiß, wie hoch das Taxameter inzwischen schon geklettert war. Pinuccio sprang aus dem Taxi, pflanzte sich vor dem Marchese auf und riß ihm die Rose aus dem Knopfloch; er war drauf und dran, ihn zu verprügeln, da fingen Scilla und Barbara an zu schreien; aber der Marchese war ein Mann von Geist, und er verstand es, das Ganze in einen Scherz zu wenden; und Scilla lud Pinuccio und den Marchese ein, mit nach oben zu kommen und sich dort auseinanderzusetzen. Sie hatte beiden einen Kognak eingeschenkt, und Pinuccio hatte sich allmählich beruhigt und sowohl sie als auch den Marchese um Verzeihung gebeten; schließlich waren der Marchese und Pinuccio als die besten Freunde zusammen weggegangen, ja der Marchese hatte Pinuccio sogar für den nächsten Tag sein Auto angeboten, falls er seine Verwandten aus Catania herumkutschieren wollte. Sie und Barbara jedoch waren erschöpft und entnervt; und sie hatte Barbara ein bißchen ausgeschimpft, weil sie sich auf dem Ball wirklich nicht gut aufgeführt hatte: Sie hatte so laut gekreischt und gelacht, daß man es bis auf die Straße hören konnte. Und da war Barbara so wütend geworden, daß sie sich beim Ausziehen den Tüll ihres Unterrocks zerfetzt hatte.

Nein, sagte Scilla, es war nicht einfach, eine Tochter großzuziehen; und da dachte man, in unserer heutigen, modernen Gesellschaft müßten bestimmte Vorurteile verschwunden sein, aber nein, sie selbst war, nur weil sie von ihrem Mann getrennt lebte, allem üblen Klatsch ausgesetzt. Und Barbara wiederum war so ein Spaßvogel, so ein Dummerchen, daß viele sie für kokett hielten, während sie doch nur ein Schelm war. Meine Mutter sagte, Barbara steht tatsächlich in keinem guten Ruf und es sei besser, sie beeile sich mit dem Heiraten, denn es werde schon über sie geklatscht. Scilla wurde sogleich wütend und wollte wissen, wer über Barbara klatschte; und meine Mutter sagte, Jozek, Chaims jüngerer Bruder, habe zu ihr einmal schlecht von Barbara gesprochen. Scilla fragte, wo dieser Jozek wohne, und sie verlangte, daß meine Mutter ihn sogleich zu ihr brächte, damit sie ihn gegen die Wand schleudern konnte und er alles Gift ausspucken mußte, das er im Leibe hatte; wer war denn bloß dieser Jozek, sie hatten ihn niemals von Angesicht gesehen und wußten nicht einmal, wer er sein könnte. Es schmerzte sie nur, daß meine Mutter zu solchen Tratschgeschichten stillgeschwiegen und ihn nicht zur Tür hinausgeworfen hatte, diesen Wurm; wenn Scilla jemanden nur ein einziges Wort über meine Mutter oder über unsere Familie reden hörte, dann wurde sie zur Hyäne, denn sie war eine echte Freundin; und sie hatte geglaubt, auch meine Mutter wäre ihr eine echte Freundin.

Meine Mutter war zutiefst getroffen, und sie erklärte, wenn sie Jozek auch nicht geradezu an die Luft gesetzt habe, so habe sie ihn doch tüchtig gezaust. Und sie schwor, Scilla könne auf sie zählen; sie war eine echte Freundin, eine war der anderen Freundin, und in Zukunft würden sie Seite an Seite arbeiten und zueinanderhalten wie zwei Schwestern. Wegen Barbara sollte sie sich keinen Kummer machen, sagte meine Mutter, falls sie zufällig Pinuccio nicht heiraten sollte, würde sie gleich wer weiß wie viele andere Partien finden: Sie war so hübsch und gar nicht schüchtern, und sie hatte ja auch den Marchese, der sich um sie bemühte; doch Scilla sagte, der Marchese sei rechtmäßig verheiratet und habe vier Kinder.

Als meine Mutter abends nach Hause kam, fand sie Barbara vor, die Giulia Gesellschaft leistete; beide, Barbara und Giulia, saßen im Eßzimmer und schwatzten miteinander, Barbara rauchte, aber ihre Zigarette schien Giulia nicht zu stören, die sich doch immer über den Geruch von Chaims Zigaretten beklagte. Giulia war freudig erregt, sie hatten zusammen Tee getrunken, viele Likörpralinen gegessen, und Barbara hielt das Hündchen auf dem Schoß und fütterte es mit Würfelzucker; und meine Mutter hätte ihr am liebsten gesagt, sie solle den Zucker nicht für den Hund vergeuden, und dann hätte sie ihr am liebsten auch gesagt, es stehe einem kleinen Mädchen von achtzehn Jahren schlecht, so viel zu rauchen. Aber sie sagte gar nichts, weil sie sich freute, Giulia so froh zu sehen; dagegen schimpfte sie auf die kleine Costanza, die ein Fläschchen Tinte auf dem Läufer verschüttet hatte. Meine Mutter weichte ihn sofort ein und nahm sich dabei vor, der Cousine Teresa zu schreiben, sie solle ihre Tochter wieder abholen: Auf dem Gymnasium brachte sie ohnehin nichts Gescheites zuwege und hatte ganz fürchterliche Zensuren bekommen.

Dann kam Chaim nach Hause und brachte Jozek mit, Jozek wurde Barbara vorgestellt, und kam gleich auf ihre gemeinsamen Bekannten zu sprechen; Barbara konnte sich nur schwach an sie erinnern; ach richtig, die Hausnachbarn in der Via Lucrezio, wo sie vergangenes Jahr gewohnt hatten; sie und ihre Mutter hatten ja so oft die Wohnung gewechselt. Jozek fing dann an, immer mit seiner naseweisen Miene, mit ihr über einen Roman namens *Götterdämmerung* zu diskutieren; er mußte von einem polnischen Schriftsteller sein, der schon lange mausetot war. Am Ende schlug Jozek Barbara vor, sie auf der Stange seines Fahrrads nach Hause zu bringen; und meine Mutter sah sie vom Fenster aus zusammen auf Jozeks altes, ramponiertes Rad steigen, und Barbara wikkelte sich das Umschlagtuch um den Kopf, um sich vor dem Wind zu schützen. Na bitte, sagte meine Mutter, so war Jozek: Er spuckte in die Suppe, und dann aß er sie.

An den folgenden Tagen wartete meine Mutter auf einen Anruf von Scilla; Scilla war wie gewöhnlich auf Valerias Landgut gefahren und hatte Barbara im Haus einer Schulkameradin untergebracht; sie nahm Barbara niemals mit auf das Landgut, weil Valeria junge Mädchen nicht ausstehen konnte; in Wirklichkeit hatte Valeria einen Liebhaber, und vielleicht mochte sie nicht, daß dieser Liebhaber ihr zerfurchtes Gesicht mit dem frischen von Barbara verglich. Ja, Valeria und Barbara kannten sich kaum, und

Scilla wollte nicht, daß sie zusammentrafen, weil sich Valeria stets einer rüden, ungenierten Sprache bediente. Bei ihrer Rückkehr also sollte Scilla meine Mutter anrufen und ihr den Termin ihrer Verabredung mit Valeria mitteilen, bei der sie über den ›Schützen‹ sprechen würden. Meine Mutter hatte zu Hause niemandem vom ›Schützen‹ erzählt, sie wollte erst davon sprechen, wenn die Sache bereits in Gang gekommen war; ja sie wollte überhaupt nicht sagen, daß sie Geld dabei anlegte, denn sie fürchtete, Giulia und Chaim könnten ihr Vorwürfe machen; und in Anbetracht dessen, daß sie ihm vorläufig das Geld für seine Praxis nicht gab, es aber anderswo anlegte, bemühte sie sich, ihm gegenüber etwas freundlicher zu sein als sonst: Sie erkundigte sich nach seinen Patienten und fragte ihn, ob er es nicht vielleicht für angebracht hielt, der kleinen Costanza irgendein Phosphorpräparat einzugeben, damit sie in der Schule nicht ewig so dumm blieb. Meine Mutter war sehr guter Laune und bereitete sich auf das Zusammentreffen mit der berühmten Valeria vor: Sie probierte verschiedene Kleider an und steckte sich mal eine Samtblume, mal eine Nadel mit einem Straßbrillanten an den Ausschnitt; und sie saß in ihrem Zimmer vor dem Spiegel, das Kinn auf die Hand gestützt und die Knie übereinandergeschlagen, und betrachtete ihre Strümpfe, wie sie über den Waden schimmerten; und sie murmelte ganze Gespräche vor sich hin, die sie mit Valeria führen wollte, sie lächelte, nickte und runzelte die Augenbrauen; und hin und wieder schob sie die Kinnlade vor, um Valeria nachzuahmen, wie sie resolut die Zähne bleckte und eine herrische Miene aufsetzte; und einmal, als sie ihre Kinnlade so vorreckte, trat Costanza ein, um sie zu Tisch zu rufen, und Costanza blieb erstaunt auf der Schwelle stehen, als sie sah, wie meine Mutter vor dem Spiegel Fratzen schnitt. Meine Mutter schimpfte Costanza aus, weil sie hereingekommen war, ohne anzuklopfen, und während sie die Treppe hinabging, schalt sie auf die Cousine

Teresa, die ihre Kinder nicht zu erziehen verstand und sie wie Gassenjungen aufwachsen ließ.

Eines Nachmittags endlich kam Scillas Anruf: Die Verabredung mit Valeria war auf fünf Uhr im Café festgesetzt. Meine Mutter wunderte sich, daß Scilla das Café ausgesucht hatte, in das sie beide immer gingen, und nicht eines der eleganten, das vielleicht für Valeria geeigneter gewesen wäre und wo eine Tasse Schokolade fünfhundert Lire kostete.

Meine Mutter saß lange im Café und wartete, dauernd betastete sie ihre Nadel mit dem Straßbrillanten und puderte sich alle fünf Minuten die Nase: Es war ein stürmischer Tag, ihre Haut war vom Wind und wohl auch von der Aufregung rauh und fleckig geworden, ihre Nase vom vielen Pudern ganz gelb. Meine Mutter ärgerte sich, daß Valeria sie nicht in besserem Zustand zu sehen bekam; der Wind hatte ihr die Frisur zerzaust, und sie versuchte vergeblich, sich die Haare unter der Mütze wieder zurechtzustecken; sie klappte ihre Handtasche auf und zu, trocknete sich mit einem Taschentuch die Nasenspitze, und wie immer, wenn sie sehr nervös war, spürte sie, wie ihre Achselhöhlen feucht waren von kaltem Schweiß. Endlich tauchte Scilla auf, allein, sie ging in ihrem hellen Mäntelchen zwischen den Tischreihen durch; die heufarbene Mähne war vom Wind zerwühlt, und ihre kurzsichtigen Augen spähten mit unsicherem und zerstreutem Ausdruck umher; was für ein lächerliches Persönchen, dachte meine Mutter auf einmal, und wie schäbig und lächerlich dieses Mäntelchen war; sie schien ihr seit der Zeit, als sie sie kennengelernt hatte, häßlicher geworden zu sein, und heute sah sie niedergeschlagen und erschöpft aus; und warum war sie allein? Es wird nichts, sagte Scilla, während sie sich setzte, es wird vorläufig nichts mit Valeria; Valerias Mann war vom Pferd gestürzt und hatte sich drei Rippen gebrochen, er lag in der Klinik, und Valeria konnte sein Bett nicht verlassen. Und außerdem gab es da eine ganze Geschichte, Valerias Liebhaber würde sie vielleicht verlassen; kurzum, Valeria stand jetzt nicht der Sinn nach dem Darlehen; sie war außer sich, die Ärmste; und dabei wollte der Mann sie immer um sich haben, quengelig und launisch wie ein kleines Kind; und wenn Valeria den Tränen zu nahe war, mußte sie sich immer aufs WC flüchten. Und was nun? fragte meine Mutter, und sie war so enttäuscht, daß auch ihr fast die Tränen kamen; sie fühlte sich auf einmal sehr müde, die Arme und Beine hingen wie tot an ihr; denn sie hatte so lange gewartet, und nun passierte überhaupt nichts mehr. Ja, was, sagte Scilla, alles war bis auf weiteres aufgeschoben, was konnte sie dafür, sie war so niedergeschlagen; und dann war ihr auch noch diese Sache mit Barbara passiert.

Als sie auf das Landgut fuhr, hatte sie Barbara für die paar Tage der Mutter einer Schulkameradin anvertraut; aber selbstverständlich hatte sie ihr die Wohnungsschlüssel dagelassen, denn sie konnte ja irgendein Buch oder ein Paar Strümpfe brauchen; kurzum, als sie zurückkam, hatte sie Barbara abholen wollen und sie bei der Schulkameradin nicht angetroffen, sie war nach dem Mittagessen weggegangen, und keiner wußte, wohin. Scilla war zu ihrer Wohnung in der Via Tripoli gelaufen, und da war Barbara mit Pinuccio; allein im Schlafzimmer; seit über zwei Stunden waren sie da beide allein gewesen, Scilla waren die beiden völlig verstört vorgekommen; sie war einen Tag früher zurückgekehrt, als sie angekündigt hatte, und gewiß hatten die beiden nicht damit gerechnet, daß sie auf einmal hereinschneite; Barbara hatte auf dem Hals rote Druckstellen, wie von Fingern, und die Bettdecke war ganz zerknittert. Scilla hatte Pinuccio befohlen, ihr in den Salon zu folgen; und Barbara hatte sie befohlen, sich das Gesicht zu waschen, sich zu kämmen und sich ein bißchen zurechtzumachen; und als sie mit Pinuccio im Salon allein war, hatte sie ihm klipp und klar gesagt, falls sie nicht sofort heirateten, würde sie ihn bei der Polizei wegen Hausfriedensbruchs, Verführung Minderjähriger und Nichteinhaltung des Eheversprechens anzeigen. Pinuccio hatte ihr geschworen, daß ihm nach nichts anderem der Sinn stehe und daß er nur auf die Einwilligung der Seinen warte; nichts da von Einwilligung, hatte Scilla erwidert, sie kam ohne diese Einwilligung aus; im übrigen war Pinuccio über fünfundzwanzig, er besaß eine Wohnung in Catania und ein ausreichendes Einkommen, um allein für sich zu sorgen.

Meine Mutter tadelte Scilla, weil sie Barbara ohne Aufsicht gelassen hatte; bloß weil sie auf dieses dämliche Landgut gefahren war, da konnte man sehen, was dabei herauskam. Und warum hatte sie Barbara nicht ihr anvertraut statt einer unbekannten oder fast unbekannten Familie? Und warum hatte sie sie nicht lieber Gilberto anvertraut? Ach, Gilberto, erwiderte Scilla, Gilberto wohnte in einem Zimmerchen, in das mit knapper Not sein Klappbett hineinpaßte; und er führte ein Lotterleben, spielte bis spät in die Nacht mit seinen Freunden Karten. Ja, vielleicht hatte sie unrecht daran getan, sie nicht meiner Mutter anzuvertrauen; Barbara gefiel es so gut bei uns und vor allem bei Giulia; Barbara und Giulia waren dicke Freundinnen geworden, und Scilla meinte, Barbara müsse die Gesellschaft von Giulia guttun, die so sanft und still war, aber Scilla fürchtete immer, Barbara könne meine Mutter stören. Im Gegenteil, sagte meine Mutter; aber wie dem auch sei, vielleicht würden die Dinge jetzt in Fluß kommen, vielleicht entschloß sich Pinuccio, sie sofort zu heiraten, und Scilla mußte an die Aussteuer denken. Ach was, Aussteuer, sagte Scilla, jetzt war keine Zeit mehr, der Aussteuer nachzulaufen; Pinuccio legte in ein paar Tagen sein Anwaltsexamen ab, und binnen eines Monats mußten die beiden Mann und Frau sein.

So würde sie bald einsamer sein denn je, sagte Scilla, und sie brauchte unbedingt eine Beschäftigung, sonst würde sie lebensmüde; sie mußten unbedingt an dieser

Idee mit der Boutique festhalten, und wenn sie auch das Darlehen von Valeria nicht bekommen konnten, sie, Scilla, würde ihr kleines Kapital in das Unternehmen stekken; wenn ihr dann im Alter auch nicht mehr eine Lira bliebe, da würde sie eben auf den Kirchentreppen betteln gehen. Ja, sagte meine Mutter, diese Idee mit dem »Schützen« durften sie nicht fahrenlassen, sie kamen auch ohne Valeria aus; wenn sie ihre Ersparnisse zusammentaten, konnten sie sofort eine hübsche kleine Boutique aufmachen. Scilla zog einen Bleistift hervor, leckte ihn an und begann, auf der Papierserviette, die sie zu ihrer Schokolade bekommen hatten, Berechnungen anzustellen; denn meine Mutter hatte zwei Tassen heiße Schokolade mit Sahne bestellt, damit sie wenigstens einen Seelentrost hätten. Meine Mutter wollte ihr in den Berechnungen folgen, aber es gelang ihr nicht; ihre Gedanken sprangen betört zwischen Pinuccio und Barbara, Valeria und dem Liebhaber, dem Ehemann und der Klinik, Gilberto auf dem Klappbett und dem »Schützen« hin und her; denn Scilla besaß die Gabe, ihre Vorstellung mit Bildern zu erfüllen, und meine Mutter erinnerte sich sehr gut, daß ihr Leben vor der Bekanntschaft mit Scilla grau und kahl gewesen war.

Dann war Scilla für einige Zeit mit den Hochzeitsvorbereitungen beschäftigt; sie hatte zwar gesagt, sie wolle keine Aussteuer anschaffen, aber ein bißchen Aussteuer schaffte sie doch an. Sie war so aufgekratzt, daß sie nachts nicht schlafen konnte und aufblieb, um die Hemden zu besticken, sie konnte sehr gut sticken, denn sie war auf einer Klosterschule erzogen worden. Barbara hatte nun die Schule aufgegeben, sie trieb sich müßig im Hause herum und schaute aus dem Fenster, ob Pinuccio käme; ihre Mutter hatte ihr verboten auszugehen, sonst traf sie am Ende noch einen Jungen und hatte Gelegenheit zu kokettieren. Auszugehen erlaubte sie ihr nur, wenn sie Giulia besuchte, und Barbara verbrachte mit Giulia ganze Nachmittage. Sie saßen zusammen auf dem kleinen Sofa im Eßzimmer, lehnten sich aufs Fensterbrett und schauten den Zügen nach; Barbara legte ihren Arm um Giulias von der Schwangerschaft geweitete Taille und erklärte, sie wolle sechs Kinder, drei Jungen und drei Mädchen. Außerdem wolle sie noch einen Wolfshund, einen Affen und einen Käfig mit Papageien: lauter Tiere, die sie sich schon als kleines Mädchen gewünscht hatte. Katzen wollte sie nicht, weil ihr Kater Menelaos in einer Rauferei droben bei den Dachrinnen ein Auge eingebüßt hatte; er hatte furchtbar häßlich ausgesehen und vielleicht Schmerzen gelitten, und sie hatten beim Tierschutzverein anrufen müssen, daß sie ihn abholten: Sie wollte nichts mehr mit Katzen zu tun haben, sonst erinnerte sie sich an ihr Katerchen. Pinuccio war jetzt brav, nicht mehr so eifersüchtig, und er hatte seinen Eltern geschrieben, daß er heirate, und sie hatten einen gar nicht allzu erzürnten Brief zurückgeschrieben, und die Schwestern hatten Barbara als Geschenk eine selbstgebackene Torte mit Rosinen, Nüssen und Mandeln geschickt, die sie fast auf einen Ritt aufgegessen hatte, tags darauf war sie voller Pusteln. Ja, vielleicht würde es sie als verheiratete Frau nach Sizilien verschlagen, doch jetzt war ihr der Gedanke nicht mehr so unangenehm, vielleicht waren diese Schwägerinnen gar nicht so übel.

Und dann wurde Hochzeit gehalten: eine ziemlich eilig abgewickelte Angelegenheit. Scilla kam, um meiner Mutter mitzuteilen, daß die Feier tags darauf um fünf Uhr abends in der Kirche San Pietro e Paolo stattfinden würde; warum heiratete sie denn abends, fragte meine Mutter, wie die verführten Mädchen und die Witwen, und warum in San Pietro e Paolo, der düstersten Kirche der Stadt? Scilla sagte, Pinuccio habe es so entschieden; Pinuccio war abermals finsterster Laune, und er wollte niemanden bei der Hochzeit dabeihaben, nur uns, weil er wußte, daß wir echte Freunde waren; er wollte keine anderen Leute dabei, weil gemeine Menschen seinem Vater einen Haufen Lügen über Barbara, Scilla und Gilberto geschrieben hatten, und der Vater glaubte alles und hatte ihm tags zuvor einen Brief voller Verwünschungen geschickt; und die Mutter, eine arme eingeschüchterte Frau, Sklavin ihres Mannes, alt geworden im Halbdunkel einer Küche, hatte ihm heimlich ein paar von Tränen genetzte Zeilen geschickt und dazu einen Rubinring. Darum war Pinuccio sehr niedergeschlagen und wollte keinerlei Festlichkeit. Barbara aber hatte er nichts gesagt, um sie nicht zu betrüben, und Barbara heiratete in dem festen Glauben, mit seiner Familie sei alles im Lot, und sie war nur etwas wütend, daß nicht ein bißchen gefeiert werden sollte. Nach der Hochzeit wollte Pinuccio mit Barbara nach Catania fahren, um sich in seiner kleinen Wohnung niederzulassen und sich um eine Aussöhnung mit der Familie zu bemühen.

An der Hochzeit sollte auch ich teilnehmen, darum holte mich meine Mutter ab; sie zog mir den Pullover vom Leib und hieß mich eine neue Bluse anziehen, die sie mir eigens für diesen Anlaß gekauft hatte, denn sie legte Wert darauf, daß ich eine gute Figur machte; auch sie selbst hatte sich in Schale geworfen, mit einem schwarzen Kostüm unter dem Pelz, denn sie hoffte insgeheim, Valeria zu sehen. Aber Valeria war nicht da, Scilla sagte, sie halte sich zur Zeit auf der Insel Ischia auf, wo sie Schlammbäder nehme; nur Gilberto war da und ein Freund von Gilberto, jener, der auf die Jagd ging und Rebhühner schoß, einer mit Regenmantel und schwarzer Baskenmütze; und dann noch Giulia und Chaim. Barbara trug ein glattes, schlichtes blaues Kleidchen, und sie war wunderschön: auf ihren Kopf war ein kleiner Brautschleier gesteckt, und der flammendrote Pferdeschwanz war zu einem dicken Kranz gewunden. Und als meine Mutter diese Hochzeit sah, wurde sie gerührt und fühlte die alte

Wunde brennen; und sie zog den Vergleich zwischen Pinuccio, großgewachsen, jung und kräftig in seinem dunkelblauen Zweireiher, mit schmachtenden Augen und schwarzem, im Nacken leicht gelocktem langen Haar, und Chaims gebeugter, von Zuckungen geschüttelter Gestalt.

Nach der kirchlichen Zeremonie gingen wir ins Café, um etwas zu uns zu nehmen: das gewohnte Café, in dem meine Mutter immer saß. Für den Kellner waren Scilla und meine Mutter bereits alte Bekannte, und er kam zum Gratulieren; wir setzten uns alle um einen Tisch, Scilla bestellte Kuchen und Weißwein, und wir tranken auf das Wohl des Brautpaares. Gilberto und sein Freund saßen ein wenig abseits, sie unterhielten sich angeregt, und Gilberto nickte mit ernster Miene und strich sich über den Schnurrbart, und hin und wieder brach er in ein trockenes Lachen aus, das wie ein Schuß bellte. Bei diesen Lachanfällen fuhr Pinuccio zusammen und blickte noch finsterer drein; und er schaute die beiden mit seinen länglichen, schmachtenden Augen schief an, seufzte, preßte die Zähne zusammen und trommelte mit den Fingern auf den Tisch. Barbara saß neben ihm und strich ihm mit ihrer molligen, sommersprossigen Hand liebkosend über den Kragen des Kamelhaarmantels; und sie steckte die Nadeln in ihrem Haarkranz zurecht, der sich ein wenig aufgelöst hatte und ihr auf den Nacken herabhing, drauf und dran, wieder ein Pferdeschwanz zu werden. Scilla fragte Chaim mit ihrer rauhen, summenden Stimme, was man gegen Gilbertos Magengeschwür tun könnte; das Geschwür war schon viele Jahre alt, Gilberto vernachlässigte es, er rauchte, trank Whisky und Kognak und wollte nichts von Diät wissen. Gilberto erklärte, außer dem Magengeschwür habe er auch noch Amöben, die hatte er sich beim Albanienfeldzug geholt; und da rief der Freund mit der schwarzen Baskenmütze, sie sollten aufhören, von Magengeschwüren und all ihren stinkigen Krankheiten zu reden: sie feierten nämlich eine Hochzeit.

Nach einigen Gläsern Wein war Scilla dann ganz angeregt und aufgewühlt, und sie kuschelte ihre heufarbene Mähne in den Pelz meiner Mutter. Doch Gilberto sagte, jetzt sei keine Zeit für Tränen, es war schon spät, und der Zug ging ab, und man mußte noch zu Hause vorbeifahren, um die Koffer zu holen. Sie riefen ein Taxi, und meine Mutter wollte mitkommen, um sie zum Bahnhof zu bringen; und der Freund mit der schwarzen Baskenmütze stieg auf einen Motorroller, winkte noch mit seinem dicken Lederhandschuh und entschwand.

Chaim und Giulia und ich machten uns gemeinsam auf den Heimweg; und Giulia weinte leise, mit gesenktem Kopf, vor sich hin und nagte an ihrem Handschuh; und Chaim sagte, es sei wirklich ein Jammer, daß Barbara so weit fort zog, nach Sizilien, denn sie war Giulia eine gute Freundin. Aber Barbaras Mutter, diese Scilla, sagte Chaim, sei ihm nicht allzu sympathisch; jedenfalls konnte er ihre Malweise nicht ausstehen. Und Gilberto war ihm noch unsympathischer, und er begriff nicht, daß meine Mutter Gefallen daran fand, sich mit solchen Leuten abzugeben. Ich sagte, auch mir gefielen sie nicht allzusehr; Giulia aber sagte gar nichts, sie lutschte weiter am Daumen ihres Handschuhs und weinte vor sich hin.

Meine Mutter ging an jenem Abend nach der Abreise des Brautpaares mit Scilla und Gilberto in eine kleine Trattoria in der Nähe der Via Tripoli essen, und Scilla setzte Gilberto den Plan vom »Schützen« auseinander. Gilberto strich sich über den Schnurrbart und lauschte; dann murmelte er etwas in sich hinein, das sowohl ja als auch nein heißen konnte, und verharrte noch lange in Schweigen, strich sich über den Schnurrbart, rieb sich die Glatze und wich ihren Blicken aus. Schließlich, als er sich schon zum Aufbruch anschickte, sagte er, er glaube, Crovetto, sein Freund mit der schwarzen Baskenmütze, kenne einen zum Verkauf stehenden Laden, ziemlich zentral gelegen, früher sei ein Kurzwarengeschäft darin gewesen. Da sagte Scilla, er solle Crovetto sofort anrufen, und er ließ sich fast widerwillig an der Theke eine Telefonmarke geben, hängte sich an den Apparat und hielt sich das andere Ohr mit der Hand zu, weil es sehr laut war.

Der Laden wurde für sechs Millionen zum Kauf angeboten. Es war, wie Crovetto sagte, eine einzigartige Gelegenheit: ganz zentral gelegen, an der Ecke der Via della Vigna und der Via Monteverdi; und gleich daneben war eine beliebte Konditorei. Crovetto kannte den Besitzer und konnte sie am nächsten Tag dorthin begleiten; der Besitzer war Grundstücksmakler in der Via San Cosimo; übrigens kannte auch Gilberto ihn flüchtig. Als Gilberto fort war, blieben Scilla und meine Mutter noch lange sitzen und sprachen über die Sache; dann verließen auch sie das Lokal und gingen unter dem Schutzdach der Straßenbahnendstation auf und ab. Meine Mutter hatte in jenen Italgasaktien etwas mehr als fünf Millionen angelegt; und Scilla besaß Incetpapiere, die ihr beim Verkauf etwa drei Millionen bringen würden. Man mußte mit dem Besitzer reden, sagte meine Mutter, daß er ihnen den Laden für eine sofortige Anzahlung von vier Millionen überließ; den Rest würden sie in monatlichen Raten abstottern.

Am nächsten Tag holte Scilla meine Mutter frühzeitig ab. Sie hatten eine Verabredung mit Gilberto und Crovetto in der Konditorei in der Via della Vigna; während sie warteten, aßen sie ein paar Stück Kuchen; und dann erschien Crovetto auf seinem Motorroller mit Gilberto auf dem Rücksitz. Der Laden lag direkt an der Ecke, das Schaufenster war mit weißer Tünche überstrichen, und drinnen sah man Männer mit Leitern, denn es wurde renoviert.

Sie machten sich auf die Suche nach dem Besitzer. Er wohnte gleich in der Nähe, am Ende eines langen schmalen Hausflurs, an dem auch ein Fotostudio lag; sie gingen im Halbdunkel durch ein Spalier von Fotos strahlender

Mädchen und strammstehender Offiziere; sie kamen an eine Glastür mit der Aufschrift »Agentur Pacini«; wenn man sie öffnete, schlug eine Klingel an. Eine wasserstoffblonde Frau, die ihre Fingernägel polierte, kam heraus. Es war die Frau des Besitzers, sie hieß sie in einem kleinen Salon Platz nehmen und öffnete die Fensterläden, damit Licht auf die Wandbekleidung aus gelbem Atlas fiel. Sie setzten sich, während die Blonde fortfuhr, sich die Fingernägel mit einem Läppchen aus Sämischleder zu polieren; mit Gilberto und Crovetto schien sie recht vertraut zu sein, sie redeten dauernd über einen gewissen Gaspare, der beim Pokern gewonnen hatte. Ja, der Laden mußte zum Verkauf stehen; den Preis wußte sie nicht; ihr Mann war zur Zeit in Genua, er kam in etwa zehn Tagen zurück. Gilberto, Crovetto und die Blonde plauderten unentwegt, sie erinnerten sich nun an einen Abend, an dem sie einem Mädchen namens Maria übel mitgespielt hatten; schließlich war Maria unter Tränen davongelaufen. Gilberto brach in sein scharfes, bellendes Lachen aus, als er an Marias Tränen dachte; meine Mutter aber ergriff im Innern entschieden Partei für diese Maria. Meine Mutter fühlte sich unbehaglich in diesem ganz in Gelb gehaltenen Salon, in dem eine riesenhafte Muschel an der Wand hing und ein Büschel Straußenfedern zitternd in einer Vase stand: Straußenfedern bringen nämlich Unglück.

Scilla aber erhob sich plötzlich, knöpfte sich das Mäntelchen zu, schüttelte die heufarbene Mähne und erklärte, sie würden in zehn Tagen wiederkommen. Die Blonde forderte Gilberto und Crovetto auf zu bleiben, sie würde noch Gaspare hinzurufen, der ein Stockwerk höher wohnte, und dann könnten sie ein bißchen pokern; zu Mittag würde sie einen Nudelauflauf mit Pilzen machen. Die Blonde verabschiedete sich kühl von Scilla, ohne sie anzuschauen und ohne ihr die Hand zu geben; meiner Mutter reichte sie zerstreut einen Finger. Während sich die Tür klingelnd hinter ihnen schloß, schien es meiner

Mutter, sie habe das trockene und wie ein Schuß bellende Gelächter Gilbertos gehört, und sie fühlte sich immer unbehaglicher und erschöpfter und hatte große Sehnsucht nach ihrem Zuhause: Und sie schämte sich, als wäre sie gedemütigt worden. Doch Scilla faßte sie unter und sagte, sie sei furchtbar wütend: Crovetto, dieser schamlose Kerl, hatte sie zu seiner Geliebten gebracht, einem liederlichen Weibsstück. Scilla fühlte sich bedrückt, dieser Crovetto hatte es meiner Mutter gegenüber an Achtung fehlen lassen: Es war einfach unverschämt und frech von ihm, sie in diese Lasterhöhle zu führen; sie hatte sich nur mit Mühe zurückhalten können, ihm in Gegenwart seiner Nutte eine Szene zu machen. Meine Mutter mußte ihr am Ende sogar Trost zusprechen: Schließlich mußte sie ja mit dem Besitzer verhandeln. Scilla aber sagte, von nun an sollten Gilberto und Crovetto für sie die Verhandlungen führen; denn sie beide durften derartige Lotterbuden nicht betreten. Meine Mutter erkundigte sich nach jener Maria, die sie zum Weinen gebracht hatten; aber Scilla wußte nicht, wer das war. Da sah man's, mit was für Leuten Gilberto jetzt verkehrte, sagte Scilla, und wie er seine Tage herumbrachte: mit Pokerspielen und Whiskytrinken. Und dazu war er noch zynisch und grausam geworden: Er machte sich ein Vergnügen daraus, Mädchen zum Weinen zu bringen. Scilla und meine Mutter schauten sich noch einmal den Laden an; inzwischen war es Mittag, die Arbeiter waren weggegangen, und der Rolladen war heruntergelassen; sie blieben noch ein Weilchen davor stehen, um zu sehen, ob elegante Leute an dieser Straßenecke vorüberkamen; schließlich, ehe sie sich auf den Heimweg machten, betraten sie noch einmal kurz die Konditorei, denn meine Mutter hatte Hunger bekommen, als sie von dem Nudelauflauf mit Pilzen reden hörte.

Dann fuhr Scilla auf Valerias Landgut und blieb über eine Woche fort. Nachdem sie aus Ischia zurückgekehrt war, wollte Valeria nun ihren Liebhaber vergessen, der sie endgültig hatte sitzenlassen, und Scilla mußte ihr Gesellschaft leisten, während sie Briefe und Erinnerungsstücke von jenem Schuft vernichtete, und sie auf ihren Spaziergängen durch die weiten Wiesen begleiten, auf denen die Pferde grasten. Der Ehemann genas allmählich, er ruhte sich noch aus; und auch er wollte Scilla um sich haben und sie von der Zeit erzählen hören, als sie Sekretärin des Abgeordneten war; Valerias Mann interessierte sich sehr für Abgeordnete, da er eines Tages in die Politik einsteigen wollte; obwohl er so geizig war, gab er dafür viel Geld aus, er finanzierte eine linksgerichtete Zeitung, weil ihn die Rechten enttäuscht hatten.

Meine Mutter blieb an jenen Tagen, während sie allein war, meistens zu Hause; sie leistete Giulia Gesellschaft, die Tage waren lau, und Giulia sonnte sich im Garten; meine Mutter hatte angefangen, ein Jäckchen für Giulias Kind zu häkeln, nach einem Muster, das ihr Scilla beigebracht hatte und das ein wenig aussah wie Kreuzstich; eigenartig, Scilla hatte die Kreuzmanie, bei allem, was sie tat, kamen Kreuze heraus. Während meine Mutter so neben Giulia saß, hatte sie zuweilen fast Lust, ihr vom »Schützen« zu erzählen; wer weiß, vielleicht wäre auch Giulia bereit, in der Boutique zu arbeiten, eine tägliche Beschäftigung würde ihr so guttun. Aber im letzten Augenblick hielt sich meine Mutter zurück; sie rückte Giulia das Plaid auf den Knien zurecht, las ihr ein paar Härchen vom Kleid und versetzte dem Hündchen einen Klaps, das Giulia spielerisch mit den Zähnen in die schwächlichen, blaugeäderten Arme kniff.

In einer Tasche von Giulias Jacke fand meine Mutter einen Brief von Barbara. Es waren nur wenige wirre Zeilen voller Kleckse und durchgestrichener Stellen: Barbara schrieb aus Catania, und sie schrieb, die Dinge stünden nicht besonders gut, aber sie erklärte nicht, wieso. Sie schrieb, sie habe großes Heimweh nach ihrer Wohnung in der Via Tripoli, nach ihrer Mutter und Giulia und sogar nach den Schulbänken, auf denen sie sich so schrecklich gelangweilt hatte; und sie schloß mit den Worten, die Jugend sei für sie ein für allemal aus und vorbei. Meine Mutter entzifferte die wenigen, hastig hingekritzelten Worte, die etliche orthographische Fehler aufwiesen und im Tone jener sentimentalen Heftchen gehalten waren, die junge Mädchen gern lesen; sie schob den Brief in den Umschlag und steckte ihn in Giulias Tasche zurück. Dann setzte sie ihre Mütze auf und lief in die Via Tripoli. Sie dachte, Scilla müsse doch nun zurück sein, und sie wollte ihr sogleich mitteilen, daß in Catania etwas nicht recht klappte.

Meine Mutter hatte, als sie den Brief las, ein heimliches Vergnügen empfunden; denn wenn bei jemand anderem etwas nicht klappte, dann empfand sie so ein heimliches Vergnügen, das sich jedoch unter dem starken Bedürfnis, etwas zu unternehmen, verbarg; und unterwegs sagte sie sich wieder und wieder die Sätze auf, die sie Scilla entgegenhalten wollte, Vorwürfe, weil sie ihre Tochter zu jung verheiratet hatte.

An Scillas Tür angekommen, drückte sie energisch auf den Klingelknopf; und nach einer Weile, nach heftigem Gerumpel von weggerückten Stühlen und zurückgeschobenen Riegeln, erschien Scilla in der Türöffnung. Scilla war im Morgenrock, und sie schien noch ganz verschlafen; sie knotete den Gürtel zu und nahm die Aufschläge ihres verwaschenen und verschlissenen Morgenrocks über der Brust zusammen; sie ließ meine Mutter in die Wohnung ein, die ganz im Dunkeln lag, weil die Fensterläden geschlossen waren, und führte sie in den Salon. Scilla war erst seit ein paar Stunden zurück; sie schien nicht allzu begeistert, meine Mutter zu sehen, und rieb sich die Augenlider, als sei sie noch sehr schläfrig; sie hörte sich die Geschichte von Barbaras Brief an, war aber offenbar nicht betroffen: Natürlich war die erste Zeit in der Ehe immer schwierig, aber Barbara hatte ja im Grunde viel gesunden Menschenverstand und viel Geduld, und Pinuccio war ein lieber Junge; wahrscheinlich hatten sie sich ein bißchen gezankt, und Barbara schickte gleich weinerliche Briefe in die Welt. Sie, Scilla, hatte ganz andere Briefe bekommen; und viele Karten aus Neapel, aus Pompeji und von Capri, wo Barbara sich ein Paar Fischerhosen gekauft hatte. Meine Mutter erwiderte, Barbara dürften Hosen aber nicht allzu gut stehen, weil sie ein zu dickes Gesäß hatte; Scilla war verletzt und erklärte, Barbaras Gesäß sei durchaus nicht zu dick, Barbara habe die Maße von Ava Gardner. Scilla sagte meiner Mutter, sie solle jetzt gehen, denn sie wolle die Wohnung ordentlich saubermachen, Fenster putzen, Fußboden bohnern und die Matratzen ausklopfen. Meine Mutter stand auf, um zu gehen, auch sie war sehr beleidigt; und sie fragte Scilla, wie lange sie noch damit warten wolle, jenen berühmten Diener, den Verwandten von Valerias Chauffeur, einzustellen.

Als meine Mutter wieder auf die Straße trat, war sie äußerst schlecht gelaunt: Es war drei Uhr nachmittags, es begann, heiß zu werden, sie stand hier auf der Straße und wußte nicht, wo sie hingehen sollte, und vor ihr lag ein langer leerer Nachmittag. Sie hatte den Eindruck, Scilla habe große Eile gehabt, sie wieder gehen zu sehen: Zuletzt hatte sie sie beinahe zur Tür gedrängt. Und sie hatte den Eindruck, außer ihnen habe sich noch jemand anders in der Wohnung aufgehalten: Aber sie hätte dieses Gefühl nicht erklären können.

Nachdem sie ein Weilchen umhergeschlendert war, ging sie in ein Kino: Es lief ein Farbfilm über afrikanische Wildreservate; und sie nahm in dem halbleeren Saal Platz und schaute sich unzählige Büffelherden an, die vor einem endlosen, feuerroten Horizont vorüberpreschten; es gab keine Handlung, es passierte nichts, man sah nur Büffel und Büffel und Elefanten; wenn es keine Handlung gab, langweilte sie sich, und außerdem konnte sie den Gedanken an jene halbdunklen Zimmer nicht loswerden, in denen Scilla, in ihren Morgenrock gehüllt, umherstrich; und sie hatte sie geradezu zur Tür gedrängt und nach dem Schließen mit einem gereizten Schnapp den Riegel vorgeschoben. Und als sie ihr von Barbaras Brief erzählte, hatte sie kaum zugehört, als hätte sie jetzt gar keine Lust mehr, an Barbara zu denken und sich ihretwegen zu grämen. Als meine Mutter das Kino verließ, sah sie am Eingang Plakate zu einem demnächst anlaufenden Film mit Ava Gardner, und als sie Ava Gardners Gesäß betrachtete, das die gleichen Maße wie Barbaras Hintern haben sollte, pustete sie verächtlich.

Dann bekam sie Lust, bei mir hereinzuschauen, ich mußte gerade eine Stunde geben, und sie setzte sich mit der Nachmittagsausgabe der Zeitung in den Sessel und wartete, bis ich fertig war. Ab und zu gab sie Kommentare zu den politischen Ereignissen ab, von denen sie las, und verlangte von meiner Schülerin, einer bleichen und stets ein bißchen verstörten Studentin vom Lehrerinnenseminar, daß sie ihr beipflichtete. Als die Schülerin gegangen war, versuchte mich meine Mutter zu überreden, ich sollte mit ihr ins Café gehen, aber ich mußte arbeiten und lehnte ab. Da war meine Mutter sehr verletzt; und sie fragte mich, was ich mir von dem vielen Studieren erhoffte, denn wenn ich einmal meinen Doktor hätte, was erhoffte ich dann, ich würde am Ende nur in irgendeiner grauen Schule unterrichten, vor vielen verstörten und bleichen Schülerinnen wie der, die eben gegangen war. Nein, sagte meine Mutter, während sie sich die Handschuhe überstreifte, das war durchaus keine gute Idee gewesen, Literaturwissenschaft zu studieren, ich hätte lieber Chemie oder Jura anfangen sollen; denn als kleines Mädchen schien ich für das Schreiben so begabt zu sein, aber dann hatte ich gar nichts mehr geschrieben. Oder ich hätte Medizin studieren können; heutzutage gibt es ja so viele Frauen im Arztberuf, und sie sind sehr gefragt, mehr noch als die Männer, weil viele Damen sich nicht von einem Mann untersuchen lassen wollen: Und übrigens verdienen ja auch die männlichen Ärzte gut, ausgenommen dieser Schwächling Chaim. Da wurde auch ich wütend und fragte, um sie zu ärgern, worauf sie noch warte, um Chaim die Praxis einzurichten; sie erwiderte, sie denke gar nicht daran, im Gegenteil, sie habe ganz andere Pläne, und sie ging türenschlagend davon. Aber einen Augenblick später kehrte sie unter dem Vorwand zurück, sie habe ihr Tuch vergessen; ich fand es auf einem Stuhl und gab es ihr, und um sie zu besänftigen, sagte ich, es sei ein sehr hübsches Tuch: Da beschloß sie auf der Stelle, es mir zu schenken, denn sie hatte so viele Tücher, sie konnte selbst den Bettlern noch welche abgeben; und sie band es mir um den Hals. Sie umarmte mich und bat mich um Verzeihung, daß sie mich verärgert hatte, und sie sagte, ich sei ihr einziger Trost: Ich redete wenigstens ein kleines bißchen, Giulia dagegen sagte nie ein Wort. Bei Giulia konnten Tage und Tage vergehen, ohne daß sie auch nur eine Silbe herausbrachte, und auch zu ihrem Mann war sie nicht freundlich, sie schaute ihn nicht an und redete nicht mit ihm und zog ihr Knie weg, wenn er seine Hand darauf legte. Es war keine glückliche Ehe: Und oft mochte es für eine Frau besser sein, gar nicht zu heiraten, meinte meine Mutter, als einen Mann zu nehmen, den sie dann nicht leiden konnte; und sie sagte zu mir, ich sollte es mir wohl überlegen, bevor ich heiratete, und mich eingehend mit ihr beraten, Giulia nämlich hatte sie überhaupt nicht gefragt. Hatte ich nicht jemanden? Ich schüttelte heftig den Kopf und schaute mit gerunzelter Stirn beiseite; und da wechselte sie sogleich das Thema, weil sie fürchtete, sie könnte mich erneut verärgern. Für eine Frau, sagte sie, war es vielleicht das Wichtigste, einen Beruf zu haben. Sie erkundigte sich nach meiner Freundin, die geheiratet hatte und sich auf der Hochzeitsreise befand, und sie fragte mich, ob sie mit jenem Ingenieur mit den Ohren glücklich sei; und sie fragte mich, ob ich wirklich entschlossen sei, allein in dieser kleinen Wohnung zu bleiben.

Ich hatte mir in der Küche aus einem Brühwürfel und ein bißchen kochendem Wasser eine Suppe gemacht; war das etwa mein Abendessen, fragte meine Mutter, ohne ein Ei, ohne eine Scheibe Fleisch? Ich hätte noch Obstkompott und Käse, sagte ich, aber sie war nicht zufrieden, es kam ihr zuwenig vor, und sie fragte mich, ob ich vielleicht am Essen sparte: Das Essen nämlich, sagte sie, sei das einzige, woran man nicht sparen dürfte. Ich versicherte ihr, daß ich es mir an nichts fehlen ließe; aber sie bestand darauf, mir zehntausend Lire dazulassen, damit ich mir irgendeine Kleinigkeit kaufen konnte, die mir gefiel. Dann begann sie, meine Kleidung zu mustern: Endlich hatte ich diesen Pullover einer sowjetischen Arbeiterin abgelegt und trug ein kariertes Kleid: Gar nicht schlecht, sagte meine Mutter, aber es sehe ein klein bißchen nach Waisenhaus aus. Sie erzählte mir von dem Film mit den vielen Büffeln, den sie gesehen hatte; sie hatte sich gelangweilt, aber es gab schöne Landschaften zu sehen; und sie sagte, ich und sie könnten vielleicht später, wenn ihr eine bestimmte Sache gelang, zusammen Reisen unternehmen und vielleicht gar nach Afrika fahren, eine hübsche Schiffsreise im Sommer machen. Später, wenn ihr eine bestimmte Sache gelang; und bei diesen Worten lachte sie still in sich hinein. Sie hatte große Lust, ein Stückchen von der Welt außerhalb Italiens zu sehen. Für die Schiffsreise, sagte sie, würden wir, ich und sie, uns ein paar hübsche weiße Leinenkostüme nähen lassen: Ein kleiner Mann aus ihrer Bekanntschaft hatte ihr etliche Meter grobes weißes Leinen, ein bißchen wie Frotteestoff, zu nur fünfhundert Lire pro Meter angeboten, das war eine echte Gelegenheit. Sie ging, und während ich ihr vom Fenster aus nachschaute, wie sie sich, die schlenkernde Handtasche an der

Seite, mit hüpfendem Schritt über den kleinen Platz entfernte, wußte ich, sie malte sich aus, wie sie im Liegestuhl auf einem Schiffsdeck lag, angetan mit Sonnenbrille und einem Kostüm aus grobem weißem Leinen, Zeitschriften durchblätterte und mit dem Kapitän plauderte.

Abends rief Scilla meine Mutter an und teilte ihr mit, der Besitzer des Ladens sei bereit zu verkaufen, aber er verlange die sofortige Zahlung von fünf Millionen; den Restbetrag konnten sie in monatlichen Raten von siebzigtausend Lire abstottern. Scilla wirkte froh, und sie schien ihre Begegnung vom Nachmittag, die so frostig verlaufen war, vergessen zu haben: Und auch meine Mutter vergaß sie auf der Stelle. Da Giulia und die kleine Costanza dabei waren, konnte sie nur einsilbige Antworten geben, und sie vereinbarte mit Scilla ein Treffen für den nächsten Tag.

Sie trafen sich in dem gewohnten Café. Diesmal war Scilla zuerst da, und sie war sehr verärgert, weil sie hatte warten müssen. Sie schien wieder schlecht gelaunt zu sein, sie hatte dunkle Ringe um die Augen, und ihre lehmfarbene Haut war schlaff und runzlig; sie fühle sich nicht wohl, erklärte sie, wie gewöhnlich hatte sie in den Tagen auf Valerias Landgut zuviel gegessen. Sie nahm zu einem Glas Mineralwasser eine Tablette ein; und sie sagte meiner Mutter, sie solle schnell irgend etwas bestellen, aber nicht Halbgefrorenes mit Sahne, denn sie konnte nicht einmal den Geruch ausstehen. Aber Sahne, sagte meine Mutter, riecht doch gar nicht.

Gebraucht wurden sofort fünf Millionen, erklärte Scilla, es war keine Minute zu verlieren, denn der Besitzer benötigte die Summe dringend, und er hatte noch ein anderes Angebot vorliegen; die fünf Millionen sollte meine Mutter bezahlen, erklärte sie, und sie würde ihr dann die Hälfte des Betrages zurückerstatten, sobald sie ihre Incetaktien verkauft hätte; aber sie konnte sie gerade an diesem Tag nicht abstoßen, weil sie niedrig notiert waren und sie dabei draufgezahlt hätte; die Italgasaktien hingegen standen gut. Sie reichte meiner Mutter die Zeitung mit den Börsennotierungen; und meine Mutter überflog eine Zahlenkolonne und nickte stumm, in Wahrheit aber hatte sie gar nichts begriffen, weil sie sich nicht darauf verstand.

Dann rief meine Mutter bei ihrem Börsenmakler an und fragte ihn, ob er ihr am selben Vormittag den Betrag bar auszahlen könnte; und sie rief zu Hause an, man solle zum Mittagessen nicht auf sie warten, denn sie würde bei Scilla essen und erst abends heimkommen.

Zu dem Börsenmakler ging sie allein hinauf; Scilla wartete draußen auf dem Corso, auf einer Bank in der Sonne sitzend, denn an jenem Tag war es sehr kalt. Meine Mutter hielt sich lange in dem Gebäude auf, es waren viele Leute da, und man hieß sie im Vorzimmer warten; und sie war sehr aufgeregt und nervös und rauchte eine Zigarette nach der anderen. Schließlich lagen die fünf Millionen in einem gelben Kuvert verschlossen ganz unten in ihrer alten Handtasche aus dickem Leder, und die Handtasche fest unter ihre schwitzende Achsel gepreßt, kehrte meine Mutter zu Scillas Bank zurück.

Und jetzt, sagte Scilla, würden sie zu ihr nach Hause gehen, um einen Happen zu essen und sich ein bißchen auszuruhen. Von da aus würden sie Gilberto und Crovetto Bescheid geben, daß das Geld da war und sie den Besitzer verständigen sollten; und zusammen mit dem Besitzer würden sie zum Notar gehen, um den Vertrag aufsetzen zu lassen.

Um zu Scilla zu fahren, nahmen sie ein Taxi, und im Taxi öffnete meine Mutter die Handtasche einen Spalt weit und schaute nach dem gelben, von einem Gummiband zusammengehaltenen Kuvert neben ihrem Kämmchen und der rotgelackten Puderdose. Meine Mutter empfand jetzt eine krampfhafte Lachlust; aber Scilla war noch immer schlecht gelaunt, sie saß in eine Ecke des Wagens gedrückt, hielt den Kragen vor dem Kinn zusammen und wiederholte beständig, sie friere fürchterlich, sie habe Schüttelfrost, vielleicht sogar ein paar Grad Fieber, zu Hause werde sie gleich das Thermometer nehmen und messen. Das Taxi wollte meine Mutter bezahlen, weil sie sich mit all dem Geld, so sagte sie, steinreich vorkäme, reich wie Krösus; und Scilla machte keine langen Einwände, sondern verschwand im Bäckerladen, um zu telefonieren.

Sie gingen hinauf und warteten, auf das Balkongeländer gelehnt, daß Gilberto käme. Das Kuvert mit dem Geld hatte Scilla in der Schublade ihrer Kommode eingeschlossen; sie übergab den Schlüssel meiner Mutter, denn sie war so gedankenlos und hatte Angst, ihn zu verlegen. Zu Mittag bereitete Scilla für meine Mutter einen Braten zu; sie selbst nahm nur ein wenig gekochte Zichorie und eine Tasse schwarzen Kaffee zu sich. Das Fleisch war würzig, aber ein bißchen zu scharf gebraten; meine Mutter hatte das Fleisch gern blutig, aber Scilla hatte, während der Braten im Topf brutzelte, angefangen, einen Unterrock zu bügeln, und dabei die Zeit verpaßt. Sie aßen in der Küche, ohne Tischtuch, schoben nur die Bügeldecke ein bißchen beiseite; und Scilla hatte auch eine Flasche Barolo, die ihr Crovetto geschenkt hatte; und sie goß meiner Mutter ein großes Glas ein, sie selbst trank keinen, sie hatte schon seit Jahren keinen Barolo mehr angerührt.

Sie steckten sich eine Zigarette an und gingen zum Rauchen auf den Balkon hinaus. Meiner Mutter fiel auf einmal ein, daß Scilla sich das Fieber messen mußte; doch Scilla sagte, jetzt fühle sie sich wohl. Aber sie war blaß und sehr nervös, und dauernd rollte sie ihren Gürtel zusammen und knöpfte sich ihr Gabardinekleid auf und zu; ein heufarbenes Gabardinekleid, dieselbe Farbe wie ihr Haar. Meine Mutter sagte, auch sie fühle sich nervös, und das war nur richtig, denn sie waren im Begriff, einen wichtigen Schritt zu tun: Sobald sie erst einmal den Vertrag in der Tasche hatten, würden sie sich sogleich besser fühlen. Sie lehnten in der lauwarmen Sonne auf dem Balkongeländer, und meine Mutter sagte, als alte Frauen könnten sie sich vielleicht zusammentun und sich in irgendeinem Dörfchen an der Riviera zur Ruhe setzen: einem der Dörfchen, die die alten Damen als letzte Station wählen, um Geld zu sparen und die Seeluft zu genießen. Scilla sagte, das wäre wirklich schön, und vielleicht würde sie als alte Frau endlich ein ruhiges Leben haben, verdient hatte sie es, denn sie hatte ja so viel durchgemacht, meine Mutter konnte sich gar nicht vorstellen, was sie alles durchgemacht hatte; leider, sie hatte nie Glück gehabt, ihr Mißgeschick hatte sie immer hierhin und dahin gewirbelt. Während sie warteten, verging die Zeit; auf den kleinen Balkon schien keine Sonne mehr, und Scilla fror jetzt erneut; und meine Mutter fühlte, wie es sich ihr im Kopf drehte, weil sie so lange von dem schwindelerregend hohen kleinen Balkon auf die Straße hinabgeschaut hatte. Da sagte Scilla, sie solle sich ein Weilchen auf dem Bett ausstrecken; und meine Mutter streifte die Schuhe ab und streckte sich auf Scillas Bett aus, unter einer immergrünen Atlassteppdecke, neben sich ein Foto von Barbara im Alter von sieben Jahren, im weißen Kleidchen ihrer ersten Kommunion.

Meine Mutter fühlte ihre Lider schwer werden und ihren Kopf wie in einen bleiernen Ring gepreßt; und sie dachte, vielleicht sei ihr der Wein nicht bekommen. Sie sah Scilla zu ihren Füßen hocken, und sie erschien ihr immer kleiner; immer kleiner und immer ferner, lehmfarbenes Gesicht und heufarbene Mähne verschwammen in der Luft; dann merkte sie, daß Scilla die Fensterläden schloß und sie bis zum Halse hinauf mit der Atlassteppdecke zudeckte, und sie wollte danke sagen, aber sie vermochte nur mit einer kraftlos gewordenen Hand über ihr Kleid zu streichen; und dann spürte sie, wie sie ganz tief hinabstürzte, auf den Grund eines dunklen Gewässers, wo nichts sie mehr berührte.

Beim Aufwachen wußte meine Mutter im ersten Augenblick nicht, wo sie war. Aber als sie die immergrüne Steppdecke erkannte, fiel es ihr allmählich ein. Sie erhob sich im Dunkeln und tastete nach ihren Schuhen auf dem Bettvorleger; und sie rief nach Scilla, während sie sich das Kleid zuknöpfte und ihre zerzauste Frisur ordnete. Sie verspürte noch immer diesen Ring um den Kopf, und die Beine waren ihr sehr schwer; und sie rief Scilla zu, ihr Wein sei ihr nicht bekommen: Bestimmt war es kein reiner Wein.

Sie erhielt keine Antwort. Da ging sie auf den Flur hinaus und rief weiter; und ihr fiel ein, Scilla sei vielleicht hinuntergegangen, um zu telefonieren. In den Zimmern waren die Fensterläden geschlossen, aber das Küchenfenster stand offen, und meine Mutter sah, daß draußen Nacht war. Sie blickte auf die Uhr, es war zehn; mein Gott, wie lange hatte sie geschlafen, sagte sich meine Mutter, sie hatte fast acht Stunden geschlafen. Und sie dachte, Scilla sei vielleicht hinuntergegangen, um bei ihr anzurufen, daß sie nicht heimkommen würde; sie dachte, die Angelegenheit mit dem Notar sei auf morgen verschoben, darum hätte sie sie ruhig schlafen lassen.

Sie knipste das Licht im Eßzimmer an, und da erblickte sie auf dem Boden herumliegendes Papier und Bindfaden und überall ein großes Durcheinander. Und als sie ins Schlafzimmer zurückkam, sah sie, daß Scillas Kleiderschrank leer war und halb offenstand und daß Barbaras Foto verschwunden war; ja, von den Wänden waren überhaupt alle Bilder verschwunden. Da begann sie, in ihrer Handtasche hastig nach dem Kommodenschlüssel zu suchen, den ihr Scilla übergeben hatte: Sie kippte die Handtasche auf dem Bett aus, das Kämmchen und das Taschentuch und die Puderdose und ihr Notizbüchlein verteilten sich auf der Steppdecke: Der Schlüssel war nicht mehr dabei. Meine Mutter lief zur Kommode, sie befand sich in der Ecke neben dem Fenster, und darauf stand ein Topf mit einer dickblättrigen Pflanze: Und dickblättrige Pflanzen bringen Unglück.

Und da, im Schloß der ersten Schublade, steckte der kleine Schlüssel. Meine Mutter riß alle Schubladen auf, und sie waren leer: leer die erste, in die Scilla das Kuvert mit dem Geld gelegt hatte, leer die übrigen. In der ersten Schublade lagen lediglich noch ein Paar zusammengeknüllte Seidenstrümpfe und ein zerrissenes rosa Nachtjäckchen.

Da war alles klar. Als meine Mutter den Kopf hob, erblickte sie im Spiegel ihr Gesicht: ein zerfurchtes, verschwollenes Gesicht mit roten Flecken. Sie ging durch alle Zimmer: In der Anrichte fehlten die Bestecke, nur das Geschirr war noch da; die Kammer, in der die Bilder gestanden hatten, war leer; im Bad hing an einem Haken der verschlissene Morgenrock. In der Küche stand auf dem Tisch eine Schüssel mit ein bißchen gekochter Zichorie, ein grünes Klümpchen; und in einem Glas ein Stengel Sellerie.

Sie war ausgenommen worden: getäuscht und in eine Falle gelockt, wie so viele arme Leute, von denen man in den Zeitungen liest. Scilla hatte alles vorausberechnet: Sie hatte sie mitgenommen und ihr ein Schlafmittel in den Wein gemischt; und während sie in tiefem Schlaf lag, war Scilla mit ihrem Geld verschwunden. Sie hatte aus der Wohnung alles mitgenommen, was ihr gehörte: nur die Möbel nicht, die gehörten dem Hausbesitzer. Und ihr hatte sie nichts gelassen: nur zwei alte Strümpfe und ein Klümpchen Zichorie.

Meine Mutter setzte sich in der Küche an den Tisch und begann zu schluchzen; schluchzend schlug sie sich ihre Halskette gegen die Brust und preßte die zitternde Hand auf den Mund; und das Schluchzen brach mit aller Macht aus dem Grunde ihres Herzens und weckte in ihrem Inneren ein Mitleid mit sich selbst, das ohne jede Besänftigung war, ein trostloses Mitleid, finster wie die Nacht. Meine Mutter mochte Giulia nicht mehr wiedersehen und mich nicht und Chaim nicht: Und sie mochte überhaupt nichts mehr tun.

Auf einmal aber packte sie ein solcher Widerwille gegen dieses leere Haus, diese Küche und diese Zichorie, daß sie ihre Mütze und die Handtasche ergriff und die Treppen hinablief. Die Haustür war verschlossen; meine Mutter ging auf den Hof und klopfte an die Tür der Matratzenmacherin, aus der ein Lichtstreifen fiel; dieses Haus hatte keinen Pförtner, und die Matratzenmacherin verrichtete ein wenig Pförtnerdienst. Während sie darauf wartete, daß ihr die Matratzenmacherin öffnete, wischte sich meine Mutter mit den Fingern die Tränen vom Gesicht und rückte ihre Frisur zurecht; da erschien die verwunderte Matratzenmacherin, ein wenig ärgerlich, weil sie sich gerade hinlegen wollte. Meine Mutter fragte sie, ob die Signora Fontana beim Weggehen nicht vielleicht etwas für sie hinterlassen hätte. Nein, antwortete die Matratzenmacherin, sie hatte nichts hinterlassen; sie hatte ihr nur gesagt, daß meine Mutter oben sei und daß sie sich vielleicht ein oder zwei Tage dort aufhalten werde; sie hatte ein Taxi kommen lassen, denn sie hatte drei große Koffer; sie hatte gesagt, sie käme bald zurück, ihr aber keine Adresse hinterlassen, die Post sollte die Matratzenmacherin für sie entgegennehmen und aufbewahren; und für alle Eventualitäten hatte sie ihr ein Schlüsselbund der Wohnung dagelassen.

Schluchzend kehrte meine Mutter nach Hause zurück; sie ging den ganzen Weg zu Fuß, weil sie nicht mit der Straßenbahn fahren wollte, niemand sollte sehen, wie sie schluchzte; und sie wollte auch kein Taxi nehmen, weil sie sich jetzt bitterarm vorkam; übrigens hatte sie auch nur ganz wenig Kleingeld in der Handtasche. So durchquerte sie zu Fuß die ganze Stadt, und ab und zu lehnte sie sich an eine Mauer und schluchzte, aber wenn jemand stehenblieb und sie anschaute, ging sie weiter; und sie preßte die Handtasche mit dem wenigen Kleingeld fest an sich, denn sie hatte nun Angst, daß alle sie ausrauben wollten. Sie hatte die Hausschlüssel nicht mit und klingelte am Tor.

Nach einem Weilchen erschien Carmela, um zu öffnen, sie war noch ganz verschlafen und trug einen Mantel über dem Nachthemd: Chaim und Giulia, sagte Carmela, waren schon lange schlafen gegangen, sie hatten sie nicht mehr erwartet, weil die Signora Fontana am Nachmittag angerufen hatte, daß sie beide wegfahren und erst am nächsten Tag zurückkommen würden. Meine Mutter sagte zu Carmela, sie solle Chaim wecken.

Dann, als meine Mutter in ihrem Zimmer war, warf sie sich aufs Bett und begann zu schreien; und da kamen alle herbeigelaufen, Chaim, Giulia, die kleine Costanza und Carmela. Meine Mutter weinte und schrie die ganze Nacht hindurch; und sie wollte alles erzählen, aber sie stammelte und zitterte, und keiner verstand ein Wort. Chaim gab ihr Beruhigungsspritzen, und er hielt ihren Kopf und ließ sie ein bitteres Wasser trinken, das sie nicht wollte.

Ganz früh am Morgen gingen Chaim und meine Mutter zur Polizei; denn Chaim war es schließlich doch gelungen, ihren abgerissenen Worten einiges zu entnehmen. Bei der Polizei erfuhr meine Mutter, daß Scillas richtiger Name Grossi Antonietta war und daß sie und Gilberto etliche Jahre vorher bereits in eine Geschichte mit gefälschten Wechseln verwickelt gewesen waren. Der Kommissar war sehr unfreundlich zu meiner Mutter, er sagte zu ihr, sie solle sich keine Hoffnung machen, dieses Geld je wiederzubekommen; Anzeige konnte sie natürlich erstatten, aber sie hatte keinerlei Beweise, daß sie das Geld übergeben hatte; und er sagte zu ihr, bei all ihren grauen

Haaren habe sie mit dem Verstand eines vierjährigen Kindes gehandelt.

Es stellte sich dann heraus, daß die Signora Grossi Antonietta in Begleitung ihres Mannes und eines anderen Individuums mit schwarzer Baskenmütze den Zug nach Ventimiglia bestiegen hatte; sie hatten die Grenze überquert, und fort waren sie. In Begleitung eines Polizisten gingen meine Mutter und Chaim zur Agentur Pacini; heraus kam die ihr bekannte Blonde, und sie führte sie in den ihr bekannten kleinen Salon: Ja gewiß, sie erinnerte sich vage, meine Mutter bereits gesehen zu haben; aber zu ihnen kamen ja ständig so viele Leute. Ihr Mann war schon über drei Monate nicht in der Stadt; ja, einen gewissen Gilberto kannten sie flüchtig und auch seinen Freund Crovetto, dem hatten sie sogar Geld geborgt; aber sie besaßen keinen zum Verkauf stehenden Laden an der Ecke der Via Monteverdi, und im übrigen wußte sie nichts von den Geschäften ihres Mannes. Da bekam meine Mutter einen hysterischen Anfall, und Chaim mußte ein Taxi herbeirufen und sie nach Hause schaffen.

Es stellte sich heraus, daß der wirkliche Besitzer jenes Ladens ein Großhändler war, der nicht im Traum daran dachte, ihn zu verkaufen, und vielleicht ein Bierlokal darin einrichten würde. Und es stellte sich heraus, daß die Signora Grossi Antonietta oder Priscilla Fontana ihrem Hauswirt in der Via Tripoli viele Monate Miete schuldete; und sie hatte noch manch andere Schulden hinterlassen, beim Bäcker, beim Milchmann und beim Fleischer: Und meine Mutter dachte, nicht einmal den Braten, den sie ihr bei dem kleinen Mittagessen in der Küche vorgesetzt hatte, nicht einmal den Braten hatte Scilla bezahlt. Und der Hauswirt kam auf einen Hinweis der Matratzenmacherin zu meiner Mutter, um ihr seine Not zu klagen, und verlangte, daß meine Mutter die Schulden ihrer Freundin bezahlte: Denn die Matratzenmacherin hatte ihm gesagt, Scilla und meine Mutter wären eng befreundet, man sah sie ständig zusammen, vielleicht waren sie sogar entfernte Cousinen.

Ich wohnte ein Weilchen bei meiner Mutter. Aber meine Gesellschaft schien ihr gar nicht zu behagen, und ebensowenig die von Giulia. Sie blieb allein in ihrem Zimmer, weinte und rauchte und schrieb Briefe mit ihrer hohen, engen Schrift, in der die Ts mit einem Strich verziert waren, der die ganze Zeile einnahm: Sie schrieb an Barbara, an Pinuccio, an Pinuccios Eltern, deren Adresse Giulia wußte, und auch an den Ehemann der Cousine Teresa, der Notar war, den sie jedoch bat, den anderen Verwandten nichts weiterzusagen. Der einzige, der ihr antwortete, war der Notar; von allen anderen erhielt sie auch nicht ein Wort. In den Laden ihrer Schwestern war sie nicht mehr gegangen, und allein der Gedanke an das Porzellangeschirr dort verursachte ihr Ekel; und sie hatte keinerlei Lust, mit ihren Schwestern zusammenzusein, die sie dennoch ab und zu besuchen kamen und sie kopfschüttelnd bemitleideten. Sie hegte von nun an ein tiefes Mißtrauen, ja sogar einen blinden Haß gegen alle Polizeikommissariate, und um keinen Preis wollte sie jemals wieder zur Polizei gehen. All die Leute, von denen ihr Scilla erzählt hatte, kannte sie nur beim Vornamen; nur bei Valeria hatte sie ihr auch den Familiennamen genannt: Lubrani; wenn es diese Valeria überhaupt gab, so hieß sie mit Familiennamen vielleicht Lubrani. Im Telefonverzeichnis standen sechs oder sieben Lubrani, aber meine Mutter entsann sich, daß Scilla ihr einmal gesagt hatte, Valeria wohne in der Nähe der Kirche San Matteo. Im Verzeichnis gab es einen Lubrani, der in der Via Roma wohnte, nicht weit von der Kirche San Matteo, und meine Mutter entschloß sich auf der Stelle hinzugehen. Da kleidete sie sich zum erstenmal seit vielen Tagen wieder sorgfältig an, und ins Knopfloch ihres schwarzen Kostüms heftete sie nach einigem Zögern die Nadel mit dem Straßbrillanten.

Sie kam zu einer vornehmen Villa mit kiesbestreutem Vorplatz und einem Wasserbecken mit Fontäne; geöffnet wurde ihr von einem Kammerdiener in weißer Jacke, den meine Mutter bat, die Signora Valeria sprechen zu dürfen, aber sie sei nicht mit ihr bekannt, es handle sich nur um eine Auskunft; der Kammerdiener ließ sie im Vorzimmer warten, und meine Mutter betrachtete einige Minuten lang ein japanisches Gemälde mit Mandelzweigen und Vögeln; schließlich führte sie der Kammerdiener in ein mit Regalen ausgebautes Arbeitszimmer. In einem Ledersessel saß in schwarzem Kleid, einen Fuchskragen über die Schulter geworfen, eine Dame mit stark vorspringendem Kinn, die emsig häkelte. Das war Valeria.

Valeria wies meiner Mutter einen zweiten Ledersessel, und meine Mutter setzte sich und knüpfte ihren Schal vorn am Hals auf, um die Nadel mit dem Straßbrillanten zu zeigen; und sie fragte Valeria mit leiser, unentschlossener und zitternder Stimme, ob sie vielleicht die Signora Fontana kenne. Valeria runzelte im ersten Augenblick die Stirn, sie schien sich nicht zu erinnern, aber dann erinnerte sie sich.

Scilla Fontana in der Via Tripoli, die kleine Frau, die Blusen nähte? Ja, sie nähte hübsche Blusen, mit einer ganz zarten Stickerei darauf, aber in letzter Zeit waren ihre Augen schwächer geworden, und bei der letzten Bluse, die sie ihr genäht hatte, saß der Kragen etwas schief: Da war sie nicht mehr zu ihr gegangen. Aber sie begriff nicht recht, was meine Mutter wünschte: Falls ihr an der Adresse einer Blusenschneiderin gelegen war, konnte sie ihr eine andere, bessere nennen.

Da legte meine Mutter die Hände ineinander und begann zu erzählen. Sie hatte ihre Geschichte vor den bestürzten Gesichtern Giulias und Chaims erzählt; und vor der ironischen Visage eines Polizeikommissars; und jetzt erzählte sie sie dieser Valeria mit dem vorspringenden

Kinn. Sie hatte zu viel gelitten, und sie mußte reden. Ja, sie konnte von nichts anderem mehr reden.

Valeria strich sich übers Kinn, streichelte ihren Fuchsschwanz und hörte zu. Schließlich brach sie in Lachen aus: ein herzhaftes, frisches Lachen, nicht ohne ein wenig Mitgefühl. Aber sogleich schluckte sie das Lachen hinunter, mit einem brüsken Ruck ihres Kinns; wie ein Kranich, der ein Fischlein verschlingt.

Mit ihrer großen dürren Hand, auf der die Fingerknöchel vorstanden, klopfte sie meiner Mutter aufs Knie und beugte sich ein wenig zu ihr vor; und meine Mutter roch ihr Parfüm, das Scilla *Cœur de lilas* genannt hatte. Nein, sagte Valeria, sie besaß kein Landgut, nirgendwo; sie besaß zwar ein Häuschen in Pallanza, aber sie hatte Scilla nie dahin mitgenommen, ja sie konnte sich nicht einmal vorstellen, daß sie je mit ihr darüber gesprochen hätte. Sie und Scilla hatten die wenigen Male, die sie sich gesehen hatten, über Blusen gesprochen: über Blusen und nichts anderes. Und was ihren Mann betraf, so war er Direktor eines historischen Archivs; er befaßte sich nicht mit Politik und hatte schon seit über zwanzig Jahren nicht mehr auf einem Pferd gesessen.

Valeria begleitete meine Mutter zur Tür. Die Arme ausbreitend, erklärte sie, es tue ihr sehr leid, ihr nicht helfen zu können, aber sie wußte über diese Scilla Fontana absolut nichts. Leider gab es so viele schlechte Menschen, die Freude daran hatten, ihren Nächsten in eine Falle zu locken; und jetzt, wenn sie darüber nachdachte, wurde ihr klar, daß ihr Scilla immer als ein etwas seltsames Frauenzimmer vorgekommen war, irgendwie ein bißchen verdächtig; und einmal, als sie bei ihr in der Wohnung gewesen war, um eine Bluse zu bestellen, hatte sie ihren Schirm dort vergessen, einen von diesen kleinen Schirmen, die man zusammenschieben und in die Handtasche stecken kann; oder zumindest war sie überzeugt, sie hätte ihn dort vergessen. Aber Scilla hatte behauptet, sie hätte ihn nicht gefunden, und da hatte sie sich gedacht, sie hätte ihn vielleicht anderswo verloren. Jetzt jedoch war sie sicher, daß diese Scilla ihn behalten hatte: Sie stahl also auch Schirme. Vielleicht war sie ein bißchen verrückt.

Nach dem Besuch bei Valeria vergingen Tage und Tage, ohne daß meine Mutter das Haus verließ; sie schrieb jetzt keine Briefe mehr und weinte auch nicht mehr; und zuweilen klang ihr Valerias herzhaftes Lachen im Ohr. Dieses Lachen demütigte sie, und doch war es heilsam für ihre Seele: Denn meine Mutter wollte, daß von nun an niemand mehr über sie lachte. Sie saß in sich versunken im Sessel neben dem Fenster und schaute den Zügen nach, die pfeifend vorbeibrausten; und sie machte jetzt Häkelarbeiten, wie sie es Valeria hatte tun sehen: Sie häkelte eine Decke für Giulias Kind, nur um die Hände ein bißchen in Bewegung zu halten.

Gelegentlich ertappte sie sich dabei, daß sie auf dem Grunde ihrer Seele den Traum von einer langen Freundschaft mit Valeria und von einer Zukunft voller gemeinsamer Unternehmungen in jenem mit Regalen ausgebauten Arbeitszimmer hegte; aber sie löste sich sogleich von diesem Traum, sie empfand ihn als dürr und unfruchtbar, ohne Freude und ohne Nahrung; und sie dachte, daß sie nun alt war und daß ihr das Leben nichts mehr geben würde.

Danach begann sie wieder, ein wenig auszugehen. Aber jeder Winkel, jeder Punkt der Stadt bedeutete ihr irgendeine Erinnerung an Scilla: Hier war das Café, wo sie immer gesessen hatten, da die Kirche, wo Barbara getraut worden war; hier der Friseur, wo sie sich kennengelernt, und da ein Kino, das sie zusammen besucht hatten. Überall hatte sich das helle Mäntelchen herumgetrieben, war die heufarbene Mähne vom Wind zerzaust worden; meiner Mutter erschien die Zeit, als jene Mähne neben ihrer Schulter geweht hatte, bereits urfern; urfern, wie uns die Zeit der Freuden in den Jahren des Unglücks erscheint, urfern wie die Spiele der Kindheit, wenn wir dem Tod gegenüberstehen. Es war eine glückliche Zeit gewesen, und doch mußte sie sie aus ihrem Gedächtnis streichen, denn sie hatte ihr nur Schatten und Asche gebracht. Schatten und Asche aber rufen kein schmerzliches Bedauern hervor.

Eines Morgens dann erschien Jozek und brachte uns eine Zeitung, in der im Großformat die Bilder von Pinuccio und Barbara zu sehen waren; und in der Zeitung hieß es, im »Hotel zum Reisenden« in Catania habe Pinuccio Scardillo auf seine junge Ehefrau Barbara Scardillo, geborene Grossi, neunzehn Jahre alt und gebürtig aus unserer Stadt, geschossen; er hatte aus Gründen verletzter Ehre geschossen, nach einer heftigen Auseinandersetzung, die alle Bewohner des Hotels auf den Flur gelockt hatte; jemand war hingelaufen, um ihm die Pistole aus der Hand zu winden, aber er war nicht schnell genug gewesen, und Pinuccio hatte geschossen: Und der Schuß hatte Barbara in die Lunge getroffen. Sie war tot.

Da fing Giulia an zu schreien. Sie schrie lange, lange Zeit, und Carmela, die sich hinten im Garten aufhielt, lief ins Haus, weil sie glaubte, die Wehen hätten eingesetzt. Giulia war schrecklich anzusehen, während sie so schrie: Sie lehnte dicht an der Wand und preßte die Hände gegen die Schläfen, und ihr Blick starrte ins Leere, dorthin, wo sie vielleicht einen Pferdeschwanz aufflammen sah.

Chaim war bereits ins Krankenhaus gefahren, ich hängte mich ans Telefon, und endlich erreichte ich ihn und sagte ihm, er solle sofort heimkommen. Aber als Chaim kam, hatte sich Giulia beruhigt; sie lag auf dem Bett, die Beine in das Plaid gewickelt, und wimmerte nur noch ganz leise; und meine Mutter hielt ihre Hand und legte ihr kalte Kompressen auf die Stirn. Das war das einzige, was ihr eingefallen war: das, und dann hatte sie Jozek noch geheißen, er solle sich mit seinen dummen Zeitungen aus dem Haus scheren.

Einige Zeit darauf saß meine Mutter in einem Café und schlürfte ein Erfrischungsgetränk, denn Halbgefrorenes mit Sahne konnte sie jetzt nicht mehr ausstehen. Und da kam es ihr auf einmal so vor, als sähe sie in der Ferne, auf dem Corso, eine heufarbene Mähne und ein schwarzes Kleidchen: Und sie glaubte, Scilla in Trauerkleidern zu erkennen, wie sie mit ihren kurzsichtigen Augen unsicher umherspähte und mit langsamen, schleppenden Schritten durch den Staub der Allee strich. Meine Mutter wollte aufspringen und ihr folgen; aber sie fühlte sich plötzlich unendlich schlapp und müde und blieb, wo sie war. Eine Sekunde später tauchte das schwarze Kleidchen in der Menge unter, und meine Mutter erfuhr nie, ob es wirklich Scilla gewesen war oder eine andere, die ihr ähnlich sah. Im übrigen aber kümmerte sie das auch gar nicht mehr: Und sie merkte verwundert, daß sie auf dem Grunde ihres Herzens, wo so lange ein heißer, finsterer Haß gebrodelt hatte, ein wenig Mitleid mit dieser armen Mähne empfand.

Im Sommer darauf starb meine Schwester Giulia, sie starb, während sie ihr Kind zur Welt brachte. Sommer war es, ein Morgen im Hochsommer. Giulia lag in ihrem Hochzeitskleid auf dem gemachten Bett und hielt die schwächlichen, blaugeäderten Arme über der Brust gekreuzt. Mit ihrem zu einem freundlichen und schwermütigen leisen Lächeln verzogenen Mund schien Giulia diesem Leben, das sie nicht zu lieben vermocht hatte, ade zu sagen. Im Zimmer nebenan schrie auf dem Arm der Cousine Teresa, die tags zuvor mit dem Bus herbeigeeilt war, Giulias Kind, puterrot, mit langem, blondem, polnischen Haar. Um es in den Schlaf zu wiegen, wackelte die Cousine Teresa auf dem Schaukelstuhl hin und her, und meine Mutter, die auf einmal sehr alt und schlaff geworden war, starrte mit trüben Augen auf dieses unbekannte Kind. Stumm, mit trüben Augen, in denen die einstigen Blitze unter einem Tränenschleier erloschen waren, verlangte meine Mutter von mir, von Chaim, von der Cousine

Teresa, von jenem unbekannten Kind, verlangte sie stumm, wir sollten ihr ihre Giulia zurückgeben. Aber die Giulia, die sie wollte, war das kleine Mädchen in Matrosenkleid und schwarzen Strümpfen, eine Giulia, die noch nicht jenes schwermütige, zaghafte Lächeln auf den Lippen trug. Jetzt begriff meine Mutter den Sinn jenes Lächelns. Es war das Lächeln eines Menschen, der in Ruhe gelassen werden will, um ganz allmählich in den Schatten zurückzusinken.

Natalia Ginzburg

Familienlexikon

Aus dem Italienischen von Alice Vollenweider

Band 12814

Das Porträt einer denkwürdigen Familie voll couragierter Exzentriker und das in einer Zeit, in der es Courage brauchte. Das Buch handelt überwiegend von der italienischen Bürger- und Intellektuellenwelt der 30er und 40er Jahre – das sind die Jahre des Faschismus, des Krieges, der deutschen Besetzung und des politischen Neuanfangs. Natalia Ginzburg schildert ihr Turiner Elternhaus und die Freundschaften ihrer Familie – stellvertretend für ähnlich situierte Familien – und zeigt, wie Zeitumstände Individuen einfangen, gefährden und prägen. Natalia Ginzburg hält sich eng an die tatsächlichen Personen, Orte und Daten und schreibt damit schnörkellos eine Chronik jener Jahre, zurückgenommen, ohne zu psychologisieren oder zu werten.

»Die Aufzeichnungen sind keine Anklageschrift, sondern ein Dokument der Zeitgeschichte, vergleichbar etwa mit den Memoiren von Simone de Beauvoir.«

Lexikon der Weltliteratur

Fischer Taschenbuch Verlag

fi 1082 / 4

Natalia Ginzburg

Nie sollst Du mich befragen

Erzählungen

Aus dem Italienischen von Maja Pflug

Band 12330

Alle in diesem Band versammelten Erzählungen sind ursprünglich in den Beilagen wichtiger italienischer Zeitungen erschienen (wie *Stampa*, *Il Giorno* und *Corriere de la Sera*). Es sind kleine, präzis gearbeitete Geschichten, die erst nachträglich zu einem Band vereinigt wurden. Jeder Text ist eine kleine Kostbarkeit für sich. Die Sujets sind: Wohnungssuche in Rom, frühe Schuleindrücke, Gymnasialzeit, Besuch beim Enkel, Bemerkungen zur Literatur. Die Titelgeschichte handelt von Opernbesuchen, spielt natürlich auf *Lohengrin* an, nur – Natalia Ginzburg mag keine Opern; sie schläft in den Vorstellungen immer ein. Die scheinbar lakonischen Notate aus dem Alltagsleben von Natalia Ginzburg sind Facettenstücke einer nie geschriebenen Autobiographie. Sie verknappt aufs unumgänglich Wesentliche, setzt Wörter hin, die dann einfach »stimmen«.

Fischer Taschenbuch Verlag

fi 2008 / 6

Natalia Ginzburg

So ist es gewesen

Roman

Aus dem Italienischen von Maja Pflug

Band 12331

Natalia Ginzburg erzählt die einfache Geschichte einer Liebe, voller Leidenschaft, Verzweiflung, Eifersucht, deren Ende gleich zu Anfang mitgeteilt wird (die enttäuschte Frau erschießt ihren Mann), um dann zu berichten, wie es dazu kommen mußte. Es geht um eine klassische Dreiecksgeschichte – alternder Mann heiratet eine wesentlich jüngere Frau, hat mit ihr ein Kind, kommt aber von einer langjährigen Liaison mit einer verheirateten Frau nicht los –, die mit den sparsamsten Mitteln des Neoverismus erzählt wird. Natalia Ginzburg gehört zum Umfeld der jungen Nachkriegsschriftsteller – wie etwa Pratolini, Vittorini oder Pavese –, die das Chaos nach dem Ende des Faschismus sichten und intellektuell-schriftstellerisch meistern wollten.

Fischer Taschenbuch Verlag

fi 1550 / 7